Logboek van een onbarmhartig jaar

Connie Palmen

Logboek van een onbarmhartig jaar

2011 Prometheus Amsterdam

Omslagontwerp Volken Beck
Foto omslag Dagmar Halff
Foto auteur Annaleen Louwes
Zetwerk Mat-Zet bv, Soest
www.uitgeverijprometheus.nl
ISBN 978 90 446 1767 2

In memoriam

Hans van Mierlo
Marieke van Mierlo

‘Meisje, meisje, als je valt, altijd iets van maken.’

SONIA GASKELL

Eerste aantekeningen, 28 april 2010 (48 dagen na zijn dood)

Ik zou een roman schrijven die *Judas* heette, en toen ging mijn man dood.

39 kilo, mond aan flarden, keel in brand, kaken in de klem. Maag zanikt, darmen jammeren luidruchtig van de leegte, hart gaat tekeer, bonzend, pompend, tegen de klippen op. Binnenin door en door koud, buitenom biggelt zweet als tranen langs de flanken. 's Nachts is het bed kil van afgekoelde, doordrenkte lakens. Hoe zinnelijk en ziekmakend de pijn ook is, de organen lijken me niet toe te behoren, het is alsof ze het los van mij op een brullen zetten.

Ze kunnen me niet vertegenwoordigen.
Niets kan mij vertegenwoordigen.
Er valt niemand te vertegenwoordigen.
Ik ben een gapend tekort.

Het is een constante hunkering, een jakkerig verlangen hem te zien en hem te beminnen, zijn prachtige lichaam verpakt in die zijdezachte zonbruine huid, zijn misselijkmakend mooie gezicht, zijn mond, zijn tors, zijn benen en armen, zijn handen. Ik wil ernaartoe, erop, hem om me heen, in me. De herinneringen aan de seks van al die jaren bestormen me tientallen keren per dag, korte scènes, schichten van beelden, in een hoge frequentie afgevuurd, zonder chronologie, zonder geluid.

De eerste twee jaar slapen we in elkaar op een matras van 1.40 m. Hij is bijna 1.90 m, ik bijna 1.60 m, met de helft van zijn gewicht. Als hij zich op zijn andere zij draait, haalt hij me als een aapje van zijn rug en vlijt me in de kromming van zijn romp en opgetrokken benen.

'Je kunt ons samen op een strijkplank leggen,' stelt hij een gastvrouw gerust als zij haar bezorgdheid uit over het smalle logeerbed.

Wekenlang nu al blijf ik het liefst in ons bed, bedekt onder zijn en mijn verlatenheid. In bed ben ik bij hem, bij mijn verdriet om het verlies van mijn prachtige man. Alle foto's van hem benemen me de adem, hij was zo lief, zo leuk, zo mooi, zo sexy.

Rouw bedient zich in het lichaam van dezelfde taal als verliefdheid, er is geen onderscheid. De domme organen verhalen van onrust en begeerte zonder weet te hebben van het verschil tussen het verlangen naar een levende en naar een dode. Hart, darmen, maag, huid, ze heffen eensluidend een elegie van gemis aan. Het is die mengeling van angst en verlangen, de nog onzekere staat van de verliefde die voortdurend naar de ander toe wil om te weten of ze nog leeft, die liefde, of ze niet op een onbewaakt ogenblik gestorven is, zomaar verdwenen, dat kan.

Verliefden zijn doodsbang.

Vanaf het moment van de ontmoeting zijn de minnaars zichzelf niet langer genoeg, ze weten zich geen raad met hun eigen lichaam, ze herkennen het niet als iets van henzelf omdat het ziek van liefde is, gemankeerd, veranderd in een reikhalzend gebrek, in iets wat niet naar behoren werkt als het zich op een te grote afstand bevindt van dat andere lichaam. De smachtende organen van de verliefde bedaren pas als hij de ander ziet, ruikt, aanraakt.

Hij is de enige die mijn lichaam tot bedaren kan brengen en hij is dood.

Rouw is verliefdheid zonder verlossing.

Ik ben panisch zonder hem.

Behalve 'Un jour tu verras' met zijn stem, heb ik steeds een gezongen zin uit die tv-serie over Annie M.G. Schmidt in mijn hoofd. 'Ik zou je het liefste in een doosje willen doen'. Na een paar weken houdt het op. Geen gezang, geen liedjes meer.

Het is onbegrijpelijk dat iemand dit overleeft, dat dit te overleven valt. In huis volgt mijn jongste broer nauwgezet mijn bewegingen en passen. Op een avond vraag ik hem permissie te mogen sterven. Die geeft hij me niet. Oké, zeg ik, dan niet.

Tegen het woeste hart krijg ik Propranolol, een bètablokker, tegen de zeurderige maag Omeprazol. Het liefst zou ik een pil willen nemen tegen het leven, om er even vanaf te kunnen zijn.

De schaamte als ik voor het eerst na weken over straat ga, zuchtend, blazend, kreunend. Zonder hem kan ik nauwelijks lopen. Als ik word gadegeslagen weet ik dat anderen vooral iemand *niet* zien.

Ik ben iemand niet.

Ik ben bespottelijk alleen.

Sommige mensen slaan een hand voor hun mond als ze me ontwaren.

Zodra ik buiten ben hoor ik loeiende ambulancesirenes. Ik herinner me dat ik dat eerder had, bij die vorige dood, maar toen was er een ambulance in het spel, nu niet. Ik stelde me destijds voortdurend datgene voor waarvan ik geen ooggetuige mocht zijn, het ineenzakken, het sterven, hoe ze zijn lichaam op een brancard sjorden, de smalle trap af droegen, in de ziekenauto schoven en met jankende sirenes de straat uit reden, dwars door de stad, naar het ziekenhuis. En dat hij daar al dood in die ambulance lag, niet meer te redden.

Maar de nieuwe dood had iets minder haast.

Heeft die geluidshallucinatie te maken met wat ik tegen hem zeg als ik ze in het echt hoor: mens in nood?

Of zijn de sirenes de stedelijke variant van de doodsklokken in het dorp: een teken dat in een van de huizen droefheid woedt omdat er iemand is doodgegaan van wie gehouden werd? Muziek van de pijn. Aanzeggers van leed: in uw dorp, in uw stad is iets verschrikkelijks gebeurd.

De sensorische hallucinatie van de nacht is aangenamer, dan voel ik zijn hand op mijn hoofd waarin dat verdwijnt als in een nest. Soms voelt hij zo koud als de holte van de dode hand waarin ik een week lang elke avond mijn hoofd vlij, soms voelt hij warm als bij het leven. Koud of warm, ik durf me niet te bewegen uit angst de illusie te verjagen.

Na een paar weken houdt ook dat op. Geen hand meer op mijn hoofd, geen illusies meer.

Er is verschil tussen de ene dood en de andere. De onthutsing van de bruuske dood duurde maandenlang. Bij de dood waaraan een ziekbed voorafgaat begint de rouw bij het leven. Zonder de hoop op te geven, zonder tot je te laten doordringen dat het geen ziek- maar een sterfbed is, rouw je om het leven dat er nog is, dat je vast wilt houden terwijl je er afscheid van aan het nemen bent. Je gelooft het niet, je kunt het je niet voorstellen, het is ondenkbaar, en toch.

Elke ochtend word ik wakker voordat rond halfzes de vogels beginnen te fluiten. Ik ontwaak anders dan na die eerste dood, toen het besef van de werkelijkheid fracties van seconden nodig had om tot me door te dringen en me voor de rest van de dag te versplinteren. Nu word ik wakker met een mengeling van pijn en een flinter van blijdschap over het ontwaken.

Ik ben er weer.

Zodra ik aan hem denk, beeld ik me in dat hij niet langer alleen is in die dood.

Als ik met tegenzin antwoord op die ene vraag waarop ik eigenlijk niet wil antwoorden, verspreek ik me. Ik zeg: ik ben in zijn armen gestorven.

Sommigen vragen al na een week of twee of ik aan het schrijven ben. Godallemachtig nee zeg, het idee. Degenen die ernaar vragen weten niets van de hel waarin ik me bevind, de hel waarin je niks bent, niks kunt. Tegen de tijd dat ik hiermee begin, met dit logboek van een onbarmhartig jaar, 48 dagen na zijn dood, ontken ik het nog, zeg ik dat je het geen schrijven kunt noemen, maar dat ik aantekeningen maak bij de liefde en de dood, dat het met het schrijven waaraan ik gewoon ben niets van doen heeft, het is eerder zinnen neerkrassen, zeg ik, met de pen op de huid van de pijn zitten. Ik doe het omdat ik weet dat je dit vergeet, de horror van de eerste maanden, van het eerste jaar, je vergeet het zoals je kiespijn vergeet, of barensweeën naar men zegt. Je weet dat het erg was, verschrikkelijk, de ergste pijn die je ooit had, maar voelen kun je het niet meer.

Vergeten dient een doel: niemand zou ooit nog een kind krijgen, of iemand anders liefhebben, als je wist hoeveel pijn het deed om het liefste te krijgen, en om het op een dag te moeten verliezen.

Net als vijftien jaar geleden, toen de dood voor het eerst binnenglipte, ben ik opnieuw op zoek naar anderen die me kunnen vertellen of ze dit ook hadden, deze onthutsende smart, probeer ik hun vergane verdriet de maat te nemen, met het mijne te vergelijken, wil ik weten hoe lang de gesel aanhoudt, en of er een manier is om minder te lijden, iets, al is het maar een beetje. Antwoorden blijven uit. Zodra ik over de pijn begin zie ik hoe in de gezichten iets leegs binnensluipt, een herinnering waar ze niet meer bij kunnen.

Het was vreselijk, zeggen ze. En het duurde lang, jarenlang.

Ik maak deze aantekeningen tegen het afscheid van het vergeten, omdat ik geen afscheid meer verdraag. Schrijven kun je het niet noemen. Schrijven doe je als je een vorm hebt gevonden, een structuur die de zinnen onderling verbindt, een span ideeën dat ze bijeenhoudt, aanjaagt en stuurt. Deze teugelloze aantekeningen verdienen de naam niet.

Ik schaam me ervoor.

Ik schaam me dát ik schrijf, en hóe ik schrijf.

Het woord dagboek staat me tegen. Het is regressief, meisjesachtig, het roept te veel herinneringen op aan de tijd dat ik daadwerkelijk een dagboek bijhield, van mijn tiende tot mijn vijfentwintigste, dat machteloze schrijven als tegenhanger van het verzwijgen dat ik deed. Logboek lijkt me beter. Je kunt een log hangen in de stroom van het verdriet, de snelheid ervan meten, de diepte ervan peilen. Dan mag je ook dagenlang stilliggen omdat je niet meer verder kunt, het log in de modder is blijven steken, of omdat je bent aangemeerd bij je eigen onmacht. Aanvankelijk is het een intuïtieve keus, om het vermaledijde genre van het dagboek te omzeilen, maar als een varende vriend me uitlegt wat een log precies is, hoe het werkt, past het opeens goed bij wat ik wil. Het meten van de snelheid gaat via knopen in een touw dat je door je handen laat glijden. Elke knoop heeft de waarde van een verstreken uur. Je kunt er op de wijde zee geen koers mee uitzetten of je richting ontdekken; je kunt er alleen je positie mee bepalen.

Waar ben ik?

Het is wat een kind als eerste wil weten als het uit een boze droom ontwaakt, doodsbang, met flarden herinnering aan het angstaanjagende oord waarin het een paar seconden geleden verdwaald ronddoolde. Of als het voor het eerst uit logeren gaat en bij het wakker worden niet onmiddellijk de ankers van een vertrouwde omgeving ontwaart. Waar ben ik?

Het leven glijdt knoop voor knoop door de palm van mijn hand.

Elk uur is er een.

Na een maand begint het al, het eerste craquelé in de herinneringen aan de zes weken en drie dagen ziekbed die voorafgingen aan zijn dood, aan de eerste week met een dode man, aan de weken daarna. Het verbleken van de herinneringen lijkt op een extra dood, op een verraad aan die liefde. Ik moet gaan schrijven tegen het vergeten in. Maakt niet uit hoe. 'Do not go gentle into that good night,' vermaant de dichter me. 'Rage, rage against the dying of the light.'

Dylan Thomas had het over sterven.

Schrijvers schrijven tegen de dood in.

29 april 2010

Vannacht panisch wakker geworden omdat ik geen idee heb waar ik zijn dagboeken over de eerste jaren van onze liefde moet zoeken. In mijn herinnering heeft hij me er voor het laatst op de Prinsengracht uit voorgelezen. Ik weet zeker dat ik het nog niet aankan om ze te lezen, maar ik moet weten waar ze zijn, waar zijn handschrift is. Ik wil het dicht bij me hebben, in bed, tegen me aan. 's Middags haal ik op de Prinsengracht elke kast overhoop, doorzoek plekken waar ze onmogelijk kunnen liggen, onder het bed, in het tuinhuis, tussen de lakens in de la. Ik stop pas als mijn hart weer als een dolle stier loopt te stampen.

30 april 2010

Wat is het toch aan rondgereden worden dat zo kalmerend is? In de eerste weken na zijn dood maken mijn broer en mijn vrienden lange autoritten met me. We rijden door de polders, door natuurgebieden in Noord-Holland, door steden. Op weg naar nergens en niets. Zo lang de rit duurt is mijn lichaam misleid, het houdt zich koest.

Nu ik vandaag voor het eerst zelf de honderdtachtig kilometer rijd die me van mijn moeder scheiden, zit hij naast me en zingt liedjes. Hij zingt 'Helder in de kelder, boter bij de vis', 'Ich weiss, es wird einmal ein Wunder geschehen', 'Kann die Liebe Sünde sein', en hij zingt 'Un jour tu verras' van het begin tot het einde, alle coupletten.

Un jour tu verras
On se rencontrera
Quelque part, n'importe où
Guidés par le hasard

Hij is de tweede man in mijn leven die dit chanson van Mouloudji uit zijn hoofd kent. 'Telkens als je het zingt, verlang ik ernaar dat het waar is,' zeg ik tegen hem. 'Ik verlang er zelfs naar als je naast me zit.'

3 mei 2010

De enige andere plek waar de dagboeken kunnen zijn is in de kluis op zijn werkkamer. Zodra de secretaresse op mijn verzoek de brandkast heeft geopend, herken ik de twee hardgekafte folioschriften met de zwarte en de zachtblauwe marmerprint. Voordat zij ze kan aanraken, graai ik ze eruit en druk ze tegen mijn borst. In bed leg ik ze op de plek waar zijn lichaam zou moeten liggen.

11 mei 2010

Hans is twee maanden dood. Mijn vriendin Marleen Stoltz stuurt me vanuit Frankrijk een sms. 'En vandaag is het de elfde.' En hij is precies hetzelfde.

13 mei 2010

Simon Spaapen, de man van zijn zus Oliviera, is dood. Hij is overleden in het verzorgingstehuis waar hij de afgelopen jaren verbleef. Hans dacht vaak terug aan het bezoek dat we hem brachten toen Simon nog maar net te horen had gekregen dat hij alzheimer had. 'Simon keek op de klok en ik zag aan de angst in zijn blik dat hij niet meer wist hoe laat het was.'

14 mei 2010

De simpelheid van de duiding zou me moeten waarschuwen, en toch, mijn van nature al groot, maar nu langzamerhand aan waanzin grenzende wantrouwen tegen een bepaald soort mensen – de slijmerds, de femelaars, de nederigen en gedienstigen – werpt een verhelderend licht op mijn spinnenfobie. Het is de angst voor het webbende beest, voor een geleedpotige die het centrum vormt van een weefsel met anderen, van netwerken, families, vriendengroepen. Webben worden geweven door gedeelde kennis en discretie. Het zijn de gesponnen, fijndradige verbintenissen van ingewijden, en de daaruit voortvloeiende wrede uitsluitingen. Secreten delen een geheim. Buiten het web kun je er alleen maar in gevangen worden, dan ben je een prooi.

Arachnofobie is de angst voor – en ongetwijfeld ook de jaloezie op – het vermogen van anderen om onderlinge contracten af te sluiten, bondgenootschappen aan te gaan, voor de macht van de excommunicatie die ze bezitten zodra ze deel uitmaken van een groep. Anderen weven webben, op geheimzinnige wijze, met een talent voor oppervlakkige maar toch waardevolle contacten, een talent waaraan het mij ontbreekt. Ik ben alleen goed in één op één, huid tegen huid, *Hautnah*, zoals de Duitser zegt. Als ik die ene heb, kan ik buiten de wereld. Maar nu heb ik die ene niet meer en moet ik gaan weven. Ik vind het vernederend.

De schrijver is per definitie indiscreet. Hij is de verrader, de onthuller, de ontdekker. Hij is de vijand van het stilzwijgende verbond, van het duistere familiegeheim, van de mysterieuze samenzwering, van de groep, de club, het genootschap. Schaamtevol, omzichtig, discreet, introvert en innemend in de omgang, zodra de schrijver de pen oppakt, is hij een judas.

16 mei 2010

Je moet drinken, zeg ik in mezelf, een glas water pakken, daar een bruistablet vitamine C 1000 mg in doen, dat doet je goed, daarvan ga je je beter voelen. Ik doe niet alsof ik hem hoor, alsof hij zich nog zorgzaam om me bekommert zoals hij zich altijd om me bekommerde, alsof het zijn stem is die me aanspoort voor mezelf te zorgen.

Ik concludeer dat ik dat niet doe.

Ik vraag me af of dat jammer is – ja, dat vind ik toch jammer – en of ik het me om de een of andere idiote reden verbied. Of, erger, ontken dat het wel degelijk zijn stem in mij is die mij aanspoort. En hem daarmee doder maak dan strikt noodzakelijk is.

Het wordt me steeds duidelijker dat ik geen roman zal schrijven. Niet omdat ik er geen fictie van kan maken, maar omdat ik in de pure fictie leef, omdat ik volledig ben overgeleverd aan de verbeelding. Ik maak het heden niet mee. Alles wat er is, bij uitstek ikzelf, is bovenal iets niet. Van uur tot uur, van minuut tot minuut, ben ik in de verbeelding van zijn aanwezigheid.

Hij is er overal niet.

Je kunt het geen denken noemen, geen scheppen, het brengt me niets nieuws. Het is een passieve staat van overgeleverd zijn aan wat was. Verzinnen staat me tegen. Zin geven aan deze staat is onmogelijk. Het enige waarmee ik me troost is dat het fair is, dit lijden. Het is een nabetaling. Het is de tol voor die liefde, voor dat geluk.

Annus horribilis, een beschamende, haast ongeloofwaardige opeenhoping van ongeluk. Oudste dochter agressieve borstkanker, jongste dochter net bevallen van een zoon en daarna verraden en verlaten, hartsvriend van de zoon wegkwijnend door ALS, liefste schoonzus kanker, twee zwagers dood, twee vrienden kanker, broer van vriendin kanker, eigen broer moeizaam herstellend van een zware operatie, een preventieve om de kanker voor te zijn.

27 mei 2010

Ik heb geen zussen. De enige vrouw in mijn leven met wie ik een directe familieband heb, is mijn moeder. Daarom is het wonderlijk wat er gebeurt tussen zijn oudste dochter Marie en mij, en tussen zijn zus Doll en mij. ‘Marie en

Doll zijn de grootste geschenken die je me hebt gegeven,' zeg ik tegen hem. Het is familie, en ook niet.

Doll is zijn tien jaar jongere zus die al tweeënveertig jaar in Rome woont. Daar ligt ze te sterven, longkanker, uitzaaiing naar de hersenen. Als Doll me in de middag opbelt en ik haar stem hoor, een opgewekte ratel die overgaat in een licht gehijg dat ze nergens wil of kan onderbreken, moet ik verbergen dat ik in elkaar donder van het verlangen haar dicht bij me te hebben en van de gierende angst dat ze dood zal gaan. Conneke, zegt ze, mia carissima sorella, zegt ze. Doll is de enige vrouw in mijn leven die de begeerte naar wat ik nooit had opriep en tegelijkertijd inloste; het is de enige vrouw aan wie ik dacht als aan een zusje. Doll is scherp, lucide, kritisch en hartelijk. Het is me niet duidelijk waarom we wederzijds onze kleinwoordnamen nog kleiner maken, waarom we zelden Dolly, Connie zeggen, maar Dolleke, Conneke.

Aan telefoon zegt Doll zich gelukkig te prijzen dat Hans dit allemaal niet hoeft mee te maken, dat hij het niet had verdragen dat zij kanker heeft. Ik ken die redenering. Die had ik bij de vorige dood. Nu heb ik die hoogmoed niet. Hij kon beter omgaan met misère dan ik, grootser, rustiger. Zijn vriend Boebie Brugsma noemde hem ooit een tranquillizer van 90 kilo. Daar had ik net genoeg aan.

In de begintijd van onze liefde verbijsterde die rust me. Ik herinner me dat hij werd gebeld met het bericht dat de dochter van een vriendin was verongelukt tijdens een verblijf in Afrika. Ik hoor hem de naam van de dochter uitspreken. Uit een aantal zinnen kan ik opmaken dat er iets verschrikkelijks met haar is gebeurd, maar ik kan de ramp niet aan zijn gezicht aflezen en denk daarom dat het niet zo ernstig kan zijn. Als hij oplegt zegt hij: 'Barbara is dood.' Hij is verbaasd als ik in tranen uitbarst, naar de kapstok ren om onze jassen te pakken en hem meetrek om naar zijn vriendin toe te gaan. Hij heeft de werkelijkheid al weggemaakt. Het duurt een poos voordat ik weet hoe hij dit doet. Behalve met behulp van de prins in zijn hoofd, een alter ego dat in alles perfect is, maar alleen in zijn hoofd woont, doet hij het met behulp van het maken van een treffende metafoor, een beeldende omschrijving, een dramatisch verhaal, met wat hij in een interview uit 1967 met Bibeb *verliteraturen* noemt. Hij heeft het met haar over het afscheid van het geloof in God, op zijn eenentwintigste. "t Viel me een beetje tegen dat het zo gemakkelijk ging. Ik had me er meer van voorgesteld, meer literair avontuur. Ik heb altijd de neiging om schokken in m'n leven te verliteraturen.'

Hij gebruikt ook een ander neologisme: *verpubliekt*. Hij gebruikt het als ik hem nog maar een maand ken en hij op een ochtend benoemt wat nieuw voor hem is in deze liefde: 'De wereld van twee.' Dan legt hij uit hoe hij tientallen jaren volle zalen toesprak, ze kon laten lachen en huilen, en dat hij daar alleen stond, tegenover hen, en tegen niemand sprak. 'Toen merkte ik dat ik dat niet meer met íemand kon. Ik was verpubliekt.' Een paar maanden later, als ik word opgeslokt door de talloze optredens die het schrijven van het Boekenweekgeschenk 1999 met zich meebrengt, vindt hij me ook verpubliekt. 'Ik heb heimwee naar onszelf,' zegt hij verdrietig.

Bibeb ging dood op 18 januari 2010, een aantal dagen voordat de aanloop naar dit onbarmhartige jaar begon. De dag waarop ze wordt gecremeerd is de maandag waarop Hans me voorzichtig vertelt dat hij morgen wordt opgenomen in het Onze Lieve Vrouwe Gasthuis, een paar dagen maar, ter observatie. Het is maandag 25 januari 2010. De internist met wie hij zojuist heeft gesproken vindt de klachten te divers, hij wil meerdere onderzoeken doen. Hans is benauwd en verschrikkelijk moe. Hij is te moe om mee te gaan naar Bibebs crematie. Ik ben opeens bang en besluit om bij hem te blijven.

Bibeb interviewde me in de winter van 1995, in haar huis op de boulevard van Scheveningen. Ze was imposant en mooi, levendig en lachzuchtig, geestig en gretig, op het gulzige af. Het was februari. We hadden afgesproken een laatste, afrondend gesprek te voeren toen Ischa op 14 februari, de dag dat hij tweeënvijftig werd, aan een hartaanval overleed. Ze belde me overstuur op, gechoqueerd door zijn dood. Ik beloofde haar dat we het interview zouden afronden, hoe dan ook. Uit dankbaarheid dat ik mijn belofte gestand deed schonk ze me een fles Shalimar, het parfum dat om haar heen hing en waarvan ik had gezegd dat ik het een lekkere geur vond. Hoe broos haar gezondheid in de daaropvolgende jaren ook werd, ze verscheen trouw op al mijn boekpresentaties, telkens met een navulling van het parfum voor de sierfles waarin de eerste flacon zat.

Zodra ik Shalimar ruik denk ik aan Bibeb, en aan de dood.

Het is een zoete geur.

Ik word er kalm van.

In de namiddag van de dag dat Doll belt, neemt Robbert Ammerlaan me mee uit eten. Met Theo Bremer, de executeur-testamentair, hebben we een bespreking achter de rug over hoe we het beste met de intellectuele nalatenschap kunnen omgaan, de lezingen, toespraken, de memoires waaraan hij werkte. En wie in aanmerking komt voor het schrijven van een biografie. Hans raakte in de afgelopen jaren gesteld op mijn uitgever Mai Spijkers, maar voelde zich gebonden aan ooit gedane beloften aan De Bezige Bij. Daar is hij omringd door zijn vrienden, Harry Mulisch, Cees Nooteboom, Hugo Claus. (Ik merk dat ik me steeds meer dat animisme toesta, de dode koesteren, voor hem zorgen, hem goed doen.) Tegenover me in het restaurant, voordat de bestelling is opgenomen, zegt Robbert dat hij me iets verschrikkelijks moet vertellen, dat niemand het nog weet, maar dat ik het morgen of overmorgen toch te weten kom. Dat Tonio, de zoon van Adri van der Heijden en Mirjam Rotenstreich, hun enige kind, verongelukt is, een aantal dagen geleden, in de nacht van pinksterzondag op pinkstermaandag.

Medelijden hoort abstract te zijn, maar ik stel me de lichamen van de vader en de moeder voor, lichamen waarin nu de pijn tiert waarmee ik de afgelopen elf weken probeer te leven.

Er is geen hiërarchie van het leed, zegt men, maar die is er natuurlijk wel. 'Een kind verliezen is het ergste wat er is.' Stiekem vindt iedereen dat. Hoewel ik zeker weet dat het lichaam zich bedient van dezelfde organen waarmee de pijn en de angst van het verlies wordt gevoeld (meer instrumenten om de muziek van de pijn te spelen heeft het niet tot zijn beschikking), is de zielenpijn anders. Kinderen krijgen behoort tot de orde van de natuur. Het is haar truc om zin aan een leven te verlenen, of op z'n minst de illusie ervan. Wanneer je kind doodgaat verlies je een *natuurlijk* geluk, en je verliest een *natuurlijke* betekenis en identiteit. Verwekt, gedragen, gebaard, gezoogd. De mens is een mooi dier. Het kind maakt van jou een ouder. Het kind dat je krijgt ken je niet, je weet nog niet wie het is, wie het zal worden. En je kent jezelf nog niet. Je weet niet welke vader of moeder het kind van jou maakt. Ieder kind maakt van jou een andere vader, een andere moeder.

De keuze voor een man of vrouw ligt bij jezelf, bij wie je bent geworden, bij die bijeengescharrelde, door een verleden, een cultuur en alle keuzes die je ooit maakte, aaneengesmede identiteit. Alle feromonen, oxycitine, serotonine en andere onzichtbare ketens van de biologie ten spijt, je behoudt het gevoel dat je een man kiest en dat je zelf door hem uitverkoren bent. Zonder de keuze en de verantwoordelijkheid die een keuze met zich meebrengt, geen passie. De man is eerder begeerd, liefgehad, verlaten. De man heeft eerder begeerd, liefgehad, verlaten. Hij is met geschiedenis getekend. Je kiest iemand die iemand is.

Jaren geleden, toen we elkaar regelmatig ontmoetten, had ik het met Adriaan Morriën over de dood. Morriën kon op een fluweelzachte toon de hardste opmerkingen maken. Hij was toen in de tachtig en hij meende dat het erger was als een oud iemand sterft dan als een jong iemand sterft.

'Met een kind gooi je zo weinig weg,' zegt hij.

'Nee, dan met jou,' zeg ik.

31 mei 2010

Dit schrijven verveelt me. Dat ongerichte, door niets anders voortgestuwd worden dan door de profane tijd van de klok in plaats van door de eeuwigheid van een idee, een samenhang, een structuur. Het verveelt me net zo grondeloos als mijn leven me nu verveelt, de eindeloze dagen, de verstrooiing in de avonden, de leegte van de nacht.

Het komende jaar en nog langer te moeten leven zonder er zin in te hebben, als een berg op te zien tegen elke dag die vernietigd moet worden, stukgeslagen, weggeknaagd, opgeruimd, achter de rug gebracht, om aan de volgende te beginnen die op precies dezelfde wijze verwoest moet worden.

Ik vraag me af of ik dat volhoud.

Of niet *ik*, dat sowieso verloren geraakte verband, maar dat lichaam.

Falling apart, die Engelse uitdrukking voor het instorten, voor een staat van waanzin, raakt de kern van wat er gebeurt als een geliefde doodgaat: het is een val in de afzonderlijkheid. Omdat iets uiteengereten wordt wat bij elkaar hoort, uit wat je bij elkaar hield, wat de vorm was van wie je bent, val je uit jezelf, uit dat verband dat een *zelf* is maar dat alleen dankzij die ander bestaat. Voor geliefden geldt de harde wet: zodra het *wij* verdwenen is dondert het *ik* in elkaar, in brokken uiteen, stukgesmeten, kapot, door niets anders bij elkaar te houden en te definiëren.

Niet alleen hij is dood, mijn liefste ik is ook dood.

De dood heeft mij apart gezet.

Het woord *symbolon* galmt vaak door mijn hoofd. Soms komt er de omgeving bij waarin de man rondloopt die het woord met een haast fluisterende stem en een altijd op de loer liggende scepsis uitlegt. De omgeving is een collegezaal in een van de gebouwen van de Universiteit van Amsterdam, de man is Cornelis Verhoeven, professor in de klassieke wijsbegeerte. In 1988 zal ik bij hem en bij professor Hubert Dethier afstuderen in de geschiedenis van de filosofie, maar nu begin ik pas en ik luister naar hem. Hij besteedt een heel uur aan de vertaling en uitleg van het woord symbolon. Hij spreekt het uit als *sumbolon*. Het is een scherf, vertelt hij. Op de scherf staat een geheim geschreven, een geheim dat je met iemand deelt. Om het geheim te bewaren, en de onderlinge band te behouden die door het delen van de kennis is geschapen, breek je de scherf in tweeën. Je maakt daarmee de code onleesbaar voor anderen. Het symbool, het teken, wordt voor een buitenwereld pas leesbaar, en dus betekenisvol, als je de scherven bijeenvoegt. Symbolon is afgeleid van het werkwoord *symballoo*. In het Grieks heeft dat werkwoord, zoals nagenoeg alle werkwoorden, meerdere betekenissen, maar voor de goede verstaander hebben die allemaal met elkaar te maken: bijeenbrengen, ontmoeten, vergelijken.

Samen betekent *wij* iets, als symbool, als code, als taal. Het stel is een vorm, de representatie van een *wij*. Voor anderen ben je taal. Alleen hij en ik wisten ook wat *wij* betekent als we apart waren, ieder de helft van de scherf waarop het geheim van dat *wij* geschreven stond. Soms zie ik het zo voor me, dat de helft van het symbolon is begraven, en dat ik de kennis van dat *wij* nog in me meedraag, maar dat het in de werkelijkheid verdwenen is. Onder de aarde bedolven, onleesbaar geworden.

Iemand vertelde me dat ze na de dood van haar dochter intensief ging sporten. Het is het omgekeerde van het verwoestende roken en drinken dat ik doe, maar het heeft waarschijnlijk dezelfde grond, de zoektocht naar een verloren geraakt geheel, een poging samen te vallen met je eigen lichaam, het weer op te vullen, er iemand van te maken. De bedroefden geselen hun lichaam omdat het angstaanjagend leeg is.

1 juni 2010

Net als andere vrienden die veraf wonen, stuurt Kristien Hemmerechts me regelmatig mails om te laten weten dat ze aan me denkt. Twee weken geleden stuurde ik haar een uitgebreide mail terug.

VERZONDEN: 18 mei 2010 12:41
AAN: Kristien Hemmerechts
SUBJECT: Lees

Een week of twee geleden kreeg ik van een vriendin het *Rouwdagboek* van Roland Barthes en sindsdien lukt het lezen weer, als het maar gaat over pijn en ellende en het neergesmeten zijn. Op de Prinsengracht heb ik mijn plankje leed leeggehaald en nu herlees ik *Taal zonder mij*, en ik heb *De dood heeft mij een aanzoek gedaan* gekocht. Ik verkeer dus urenlang per dag met je stem en ik verlang ernaar die in het echt te horen. Kunnen we elkaar zien? Ik metsel mijn avonden nog dicht omdat ze me zo veel huiver aanjagen, maar er zitten genoeg gaten in de toekomst. Wat heet, die komt me als een gapende leegte voor.

Trouw als ze is staat ze vandaag op het bordes van de Herengracht. Bij haar schaam ik me niet voor wat ze ziet. Ze kent het. We zijn nog niet eens gaan zitten of we hebben het over het doodsverlangen dat het onderwerp is van haar laatste boek. Dat het een taboe is, zegt Kristien. Ik beken haar dat ik even ben gestopt met het lezen van *De dood heeft mij een aanzoek gedaan* (2011) omdat ik bang ben voor de dag waarop het beter met haar gaat, ze in de loop van het boek niet langer schrijft over een verlangen dat haar altijd begeleidt, of in ieder geval sinds de dood van haar twee kinderen, maar over een depressie, iets van voorbijgaande aard. 'Had ik het donkerder moeten maken?' vraagt ze, eerder aan zichzelf dan aan mij. Om aan te geven dat haar boek zwartgalliger is dan ik bevroed, vertelt ze hoe na het verschijnen ervan twee mensen zelfmoord pleegden. Beide zelfmoordenaars zijn uit een raam gesprongen. Een van hen, een vrouw van om en nabij de zestig, is boven op een man beland die deze zelfmoord niet heeft overleefd. Het is iets tussen haar en mij dat we om dit verhaal in de lach schieten, met de hand voor de mond en met uithalen van verontschuldigingen, dat wel, maar het is een slapstick, we kunnen niet stoppen, we stikken er bijna in. Sinds ik haar ken huilen we samen van het lachen. Soms begint het als we nog niks tegen elkaar hebben gezegd, we elkaar alleen maar zien. Nu pas, nu ik het opschrijf, dringt het tot me door dat het met de dood te maken heeft, met de kennis van de dood. Wie zei dat humor een combinatie is van intelligentie en wanhoop? Freud? Het is de humor waarmee Marie zich door het leven speelt, iets waarvan Hans zegt dat het haar redding is. Marie verloor haar eerste kind, moest het nog een aantal dagen als lijkje dragen en baarde het dood. (Ze heeft deze gruwelijke werkelijkheid uitgeleend aan Harry Mulisch die er in *De Procedure* (1998) literatuur van maakte. Laura werd Aurora.) Marie kreeg 21 jaar geleden hodgkin, en daarna, tijdens de zwangerschap van haar jongste dochter, non-hodgkin. Marie moest dit keer haar vader, haar zieke vader, haar stervende vader, vertellen dat ze borstkanker heeft. (Nee, niet die scène, stop, ophouden met herinneren, aan iets anders denken.)

'Ik kan het niet helpen, maar als bij vrienden een kind wordt geboren en ik op kraamvisite ga, denk ik toch altijd even dat dit kind zomaar dood kan gaan, dat zoiets kan, en dat die ouders zich dat niet realiseren. En hoe lelijk ze daarvan zouden opkijken,' zegt Kristien.

Ik was in Lissabon toen haar man dood op de stoep van de Rua Marquês de Sá da Bandeira lag. Het was 22 mei 1997. Met Adriaan van Dis en Margriet de Moor zat ik op een bank in de lounge van het hotel voordat we samen naar de opening van het literaire congres in het Museu Calouste Gulbenkian zouden wandelen. Ik weet niet waarop we wachtten. Ik weet alleen dat het angstaanjagende gerucht de ronde deed dat iemand van de groep Nederlandse en Vlaamse dichters en schrijvers onwel geworden was. Misschien wachtten we daarop, meenden we in het hotel eerder te weten te komen om wie het ging. Adriaan en ik hadden elkaar aangekeken en zwijgend de angst gedeeld dat het om Hugo Claus zou gaan. Achter de ontvangstbalie rinkelde voortdurend de telefoon. We probeerden iets af te lezen aan het gezicht van de baliemedewerker die de hoorn opnam en na een paar zinnen weer neerlegde. Adriaan liep naar hem toe en informeerde in een mengelmoes van Portugees en Engels naar de toestand van de onbekende collega. It is not good, senhor. Man, woman? Man. Nombre? Don't know. Male? Si, serious. Hospital? Non senhor.

Ik herinner me niet meer of we in het hotel te horen kregen dat het om Herman de Coninck ging, dat hij niet onwel maar dood was, of dat we zijn gaan lopen, richting het museum, en toen vanzelf bij de oploop uitkwamen. Adriaan sloeg beschermend een hand voor mijn ogen om me de aanblik van een dode Herman te besparen. Ik haalde die weg omdat ik alles wilde zien, voor Kristien, omdat ik wist dat zij straks tot in detail zou willen weten hoe de laatste minuten in het leven en de dood van haar man verliepen. Het lichaam van Herman was bedekt met een laken. Alleen een lange, slanke hand piepte eronder vandaan, witter dan het laken.

We konden hem niet alleen laten. Als doodswachters bleven we bij hem tot hij werd opgehaald door een lijkwagen. De Portugezen die langs het bedekte lichaam liepen, hielden even hun pas in, keerden zich met gebogen hoofd naar het bedekte lichaam en sloegen een kruis. Een passante legde drie gele anjers op zijn lichaam.

In *Taal zonder mij* (1998) vervlecht Kristien haar overgebleven leven met zijn nagelaten zinnen. De briefjes die hij op de keukentafel voor haar achterliet na een doorwaakte nacht schrijven, drinken en roken, de correspondentie met vrienden en inzenders van kopij voor het *Nieuw Wereldtijdschrift*, een literair magazine dat hij had opgericht en waarvan hij hoofdredacteur was. Maar vooral de zinnen uit zijn gedichten, nauwgezet door haar gelezen, een innige close reading om hem alsnog beter te leren kennen. Net als zij had Herman de Coninck weet van de dood. 'Ooit schreef hij in een column dat je de mensheid in twee categorieën kunt verdelen: degenen die met de dood te maken hebben gekregen en de anderen. Dat heb je van mij, zei ik. Niet waar, zei hij, dat heb je van mij.'

De eerste vrouw van Herman de Coninck kwam om bij een gezamenlijk auto-ongeluk. Uit een van zijn brieven na haar dood citeert Kristien het antwoord dat hij aan een vriendin geeft op de vraag of je iets leert van het verdriet. 'Ik denk niet dat je er beter van wordt. Misschien word je er menselijker van, maar tegelijk armzaliger. Ja, je herkent het in andere mensen, je herkent de kapotterigheid. Is dat winst? Of is dat de algehele sukkelachtigheid van de solidariteit? De genade om klein te mogen zijn. Om nooit meer te moeten?'

Over die dagboekvorm zeg ik die middag tegen haar dat ik nooit had vermoed me in die mal te zullen gieten, dat het mijn genre niet is, maar dat ik nu tot niks anders in staat ben dan tot dit onbeteugelde schrijven, zonder ideeënleidsel, een schrijven waar ik ambivalent tegenover sta. Zij zegt juist veel van het genre te houden omdat het haar disciplineert, haar dwingt de werkelijkheid scherper op te merken, direct een formulering te vinden voor de observaties. Misschien komt het daardoor, zeg ik, dat schrijven voor mij nooit in de eerste plaats om het formuleren van zinnen ging, dat kwam achteraf, als het voornaamste werk was gedaan, de ideeën, de vorm. Het dagboek is vormeloos, het heeft geen andere verbintenis dan het schrijvende ik, geen andere tijd dan de chronologische, geen andere betekenis ook, geen dubbele zin. Ik zeg dat ik er alleen maar mee verder kan wanneer ik erin slaag het romanesker te maken, er een andere stuwkracht in te leggen dan die van het schrijvende ik en van de dag van vandaag.

'Dan zul je dat ook doen, Connie,' zegt ze kalm.

2 juni 2010

Elke ochtend ga ik naar beneden, zet een kan koffie, smeer een boterham, vierendeel hem in kinderlijke blokjes, haal *de Volkskrant* bij de voordeur, zet alles op een dienblad, klem de krant onder mijn oksel, beklim de trap en kruip terug in bed. Ik begin de dag zoals ik nooit eerder in mijn leven de dagen begon, ik begin met een krant. Ik sla hem op, maai de koppen, lees her en der een halve zin, blader me traag, om de tijd te rekken, via de dodenadvertenties naar de puzzel op de een na laatste pagina van de bijlage. Op een woensdag als vandaag heb ik er twee, de codekraker en de kruiswoordpuzzel. Het is een ramp als ze te gemakkelijk zijn, dan word ik nog tijdens het puzzelen angstig. Zodra ik ze af heb, staan de wolven aan mijn bed te huilen.

46 horizontaal vraagt om een ander woord voor *gedegenereerd*. Ontaard. Goed woord. Komt aardig in de buurt, mijn eigen aard kwijt, meegesleurd in de dood. Het is ongemerkt gegaan in die elf jaar, de versmelting tussen zijn vriendelijke, zachtmoedige aard en de mijne, die zoveel vileiner is.

Mijn grommige kind, zegt hij, mijn knaagdiertje.

Dubbel ontaard omdat ik nergens aard, omdat ik verscheurd ben tussen de twee huizen: het huis op de Herengracht waar ik met hem leefde en het appartement op de Prinsengracht waar ik werkte.

Ik kan het allebei niet meer.

Ik weet niet meer hoe ik moet leven, en ik weet niet meer hoe ik moet werken.

Ik kan me nergens in onderbrengen.

6 juni 2010

De taal en de werkelijkheid zijn mijnenvelden. Het is niet te voorzien welk woord of object een ontploffing veroorzaakt en me midden in rondvliegende scherven van beelden en zinnen doet belanden, minieme filmfragmenten, achteloos opgenomen met de camera van het geheugen. Een enkel woord of rondslingerend ding trekt ruw het gordijn weg en maakt me tot de passieve toeschouwer van een verschroeiende voorstelling: hoe hij stond, kookte, liep, lachte, huilde, hoe wij minden, zaten, praatten, aten, dronken.

Het enige verband tussen een kwarteltje, een vuurrode camelia, een vetvlek op een das, de licht gebogen tred van een rijzige man, schoenzolen die aan de buitenkant sleets zijn, maltbier, blauwe overhemden en Charles Trenet, is hij.

En hij heeft alleen betekenis voor mij, zoals hij door mij is gezien.

Als een waanzinnige ben ik gevangen in een idiosyncratische wereld, in de hel van de puur persoonlijke betekenissen, ondeelbaar, onmededeelbaar. Het puur persoonlijke is de essentie van de pijn en van de eenzaamheid, er valt niet aan te ontkomen. Het is ook precies de reden waarom de weg naar de fictie doodloopt, waarom ik fictie nu onleesbaar vind, maar ook waarom ik er geen fictie van kan maken. Gevangen in het persoonlijke. Geen overstijging naar het algemene, geen ontsnapping mogelijk.

Overgeleverd aan een wereld van de eenzame verbeelding ben ik tegelijkertijd van een andere verbeelding afgesloten. Ik genoot van de manier waarop hij genoot zonder zelf te genieten waarvan hij genoot: bomen, bloemen, landschappen, zomer, zon, mensen. Het is tweedehands genot, zeg ik tegen hem, maar dat ik blij ben dat ik het heb, dat hij beter kan leven dan ik, schoner, rijker. *Tweedehands* spreek ik uit zodat zijn naam erin meezingt. Dat doe ik ook met *onthand*. Dat ik zonder hem onthansd ben, zeg ik.

Zonder hem is het genot verdwenen, het gaat niet.

Zonder hem laat de schoonheid van de wereld me onverschillig.

Het is onnozel, maar ik heb er geen idee van hoe te leven als het niet aan zijn hand is.

We kennen elkaar nog maar twee maanden als ik mijzelf voor het eerst tweedehands noem. Hij is met Marie, haar man Herman en hun twee kinderen op Tenerife en hij belt me elke dag vanaf de receptie bij de Club Med. Na oudjaar zal ik me bij hem voegen, maar nu moeten we de jonge, bange liefde door de telefoon stamelen. Hij leest I.M. (1998). Het eerste exemplaar dat ik hem van de roman gaf, heeft hij eind november laten liggen in de trein naar Parijs, op weg naar de olijvenoogst in de Provence. 'Voor mij hoef je het niet te lezen,' heb ik toen gezegd, maar voor zijn vertrek naar Tenerife vroeg hij om een nieuw exemplaar. 'Dan heb ik je toch bij me,' zegt hij.

Aan de telefoon vertelt hij dat hij droevig wordt van het lezen van I.M.

'Het is alsof het allemaal is wat het voor mij zou zijn,' zegt hij en dat ik vast niet weet wat hij daarmee bedoelt, maar dat weet ik wel.

Ik zeg hem dat ik het hem had gegund om de eerste te zijn.

'Als romanticus denk je toch: *das gibt es nur einmal*,' zegt hij.

'Nou nee,' zeg ik, maar dat het niet wegneemt dat het me een tweedehands gevoel geeft. 'Maar het is niet anders.'

'Nee,' zegt hij, 'dat is een weefselfout in de schepping. Dan zouden we die helemaal moeten uithalen om de fout eruit te halen.'

Met het schrijven van I.M. begon ik ruim twee jaar na de dood van Ischa. Ik herinner me niet hoe ik die twee jaar ben doorgekomen. Ik herinner me wel dat schrijven het eerste was waaraan ik dacht toen mijn vader me zijn dood moest aanzeggen. I.M. zette ik op als een roman over het schrijven, over dat transformeren van de werkelijkheid in fictie, en dat de werkelijkheid zich al altijd ophoudt in de marge van teksten, van fictie. Het is een liefdesroman waarvoor ik het genre van de *road novel* exploreerde. Ik koos voor dat genre om te ontsnappen aan de frictie die het schrijven over een publieke man met zich meebrengt. In Nederland behoorde hij ook aan Nederland toe, op de reizen had ik hem voor mezelf. De buitengaatse man die ik beschreef zou door niemand zo gezien kunnen zijn.

Het is een weduwenboek genoemd.

Het in memoriam beslaat 29 pagina's.

De zinnelijkheid van de herinnering, de intimiteit ervan, is het verschil tussen de manier waarop de wereld hem mist en hoe ik hem mis. De publieke man braadt geen kwarteltjes voor je, brengt je 's ochtends geen ontbijt op bed, streelt je niet, omarmt je niet, bemint je niet, zegt niet mijn duifje, mijn hondje, mijn hartendiefje.

In het publieke domein valt iemand bewondering of afkeer ten deel. Er zit weinig tussen. Maar de liefde danst op ontroering. Je houdt niet van iemand om waar hij goed in is, waarmee hij naam heeft gemaakt in de wereld. Je houdt van zijn onvolkomenheden, van zijn zwakheden, van zijn onschuld.

In de liefde geef je iemand wat hij het slechtst verdraagt.

En je krijgt wat je het slechtst verdraagt.

Bij de dodenherdenking op 4 mei laat een kennis me in een mail weten hoe ze hem miste op de televisie en dat ze daar verdrietig van werd, of ik dat ook had. Nee, mail ik terug, dat het me niks deed, dat ik hem alleen miste toen hij na de dodenherdenking niet thuiskwam, niet aanschoof aan tafel, niet bij me in bed kroop. En ik maar wachtte en wachtte.

Na de publicatie van I.M. beschreef een journaliste in een recensie die liefde als een narcistische collusie. Marie noemt de liefde tussen haar vader en mij symbiotisch. Het is de medicalisering van de manier waarop ik liefheb, waarop wij liefhebben, als een afwijking, krank van zinnen. Elke dag vind ik het een wonder dat hij ook zo is, en dat we bij elkaar zijn. 'Jullie waren samen erg mooi, het was wonderbaarlijk om jullie samen te zien, het kwam mij altijd voor als een genade dat jullie elkaar gevonden hadden,' schrijft Edzard Mik me na zijn dood.

Marie zegt dat we altijd zo blij waren om elkaar te zien. Zelfs als hij even op de wc is geweest en terugkeert in de zitkamer, begroeten we elkaar alsof we uren gescheiden waren. Zodra ik uit de verkozen afzondering van het schrijven kom en hem zie, wil ik alleen maar leven, verheug ik me op de volgende uren dat ik bij hem ben en naar hem kan kijken, naar dat verwoestend knappe gezicht waarvan ik nooit genoeg krijg, naar zijn lach, zijn glanzende diepbruine ogen, zijn sensuele mond, en naar zijn handen, de aandoenlijk gekromde middelvinger en naar de grote hand waar de blauwe zegelring bedoeld lijkt om het bruin van zijn huid op te doen lichten.

Als hij in de auto naast de chauffeur zit en ik achterin, reikt hij met zijn hand over de rugleuning naar achteren, en dan hou ik die vast zo lang de reis duurt.

Als hij de Opstapper neemt om een vergadering van Holland Symfonia in de Stopera voor te zitten, passeert hij mijn appartement op de Prinsengracht. Hij kiest een plek aan de linkerkant van de bus en belt me op als hij voor de stoplichten op de Rozengracht staat. 'Loop eens even naar je raam,' zegt hij, 'ik kom bijna langs.' Ik stop met schrijven, loop naar het raam op eenhoog, zet het open en wacht op hem, de telefoon nog in de hand. Daar is hij, aan de overkant, we zwaaien naar elkaar, we zeggen dag lieverd, dag schat, we zwaaien tot we elkaar niet meer kunnen zien. Nu ben je weg, zeggen we dan, tot straks, tot dadelijk.

Ik heb hem nooit verteld dat ik daarna minstens een uur niet meer kan werken omdat ik me weer van hem moet losscheuren.

Met onze vriend Reinbert de Leeuw bezoek ik een doorloop van Hans van Manen in het Muziektheater. De oefenzaal van het Nationale Ballet is op de derde verdieping. Voor de spiegels draaien jonge elfen als tollen om hun eigen as. Nu ik het zie dringt het tot me door dat dansers de hele dag naar zichzelf kijken en ik vraag me af wat dat met Pien, de jongste kleindochter, doet, of ze misschien juist balletdanseres wil worden om zichzelf aan te kunnen zien. Kunnen als in een vermogen waaraan het haar ontbrak toen ze nog niet haar talent voor de dans had ontdekt.

De afgelopen 86 dagen waren veroveringen op de dood. Wie in deze tijd geen contact met me had, niet een kaart stuurde, of een sms of een mail, wie niet een keer belde of langskwam, moet de Styx oversteken om me te bereiken. Ik schaam me voor hun blik, en dat ze me die schaamte bezorgen maakt me woest en ontoegankelijk.

'Een vreemd bijproduct van mijn verlies is, dat ik mij bewust ben iedereen, die ik ontmoet, in verlegenheid te brengen,' schrijft C.S. Lewis in *A Grief Observed* (1961), het dagboek dat hij na de dood van zijn vrouw bijhoudt.

Wat schaamte is wordt goed uitgedrukt door het Engelse woord ervoor: *self-consciousness*. In het Engels verraadt het woord dat het onaangenaam is om je van jezelf bewust te zijn, om jezelf letterlijk te zien staan. De schaamte van iemand die overgebleven is van een liefdespaar, is de schaamte voor een verdwenen zelf.

'De mensen die iemand hebben verloren zien er naakt uit omdat ze denken dat ze onzichtbaar zijn,' schrijft Joan Didion in *Het jaar van magisch denken* (2005).

Ik zou zeggen: omdat ze denken dat ze zonder die ander niemand zijn, waardeloos.

Dagelijks heb ik een snijdende spijt over te weinig zinnen, zinnen uit zijn mond, wijze, geestige, eloquente zinnen die ik had kunnen opschrijven om hem nu dichter bij me te hebben, om hem te kunnen horen praten op de onnavolgbare manier waarop hij sprak.

Het kunnen me er niet genoeg zijn.

Het zijn er niet genoeg.

In mijn kartonbruine aantekenboekjes van de afgelopen elf jaar ga ik op zoek naar zinnen van hem. Ik begin bij die van 1998, 1999. Ik lees ze over en over, ik kan er mijn ogen niet van afhouden, alsof hij tegenover me zit en tegen me praat. De pijn van het alsof, van zijn aanwezige afgronddiepe niet-bestaan, verdraag ik zo lang mogelijk. Zodra ik wegga van zijn zinnen ben ik even in alle staten.

11 juni 2010

Het is voor de derde keer de 11de. Drie jaar geleden vroeg hij me op 11.11 ten huwelijk, op 11.11.2009, toen we 11 jaar en 11 dagen bij elkaar waren, zijn we getrouwd. Vier maanden later, op 11 maart, ging hij dood. Mijn trouwjurk wordt de rouwjurk waarin ik hem zeven dagen na zijn dood begraaf.

'Trouwen doe je voor de toekomst,' zegt mijn jongste broer Eric in zijn toespraak tijdens de herdenkingsdienst. 'Van alle sacramenten is dat van het huwelijk het meest toekomstgericht, het meest contractueel ook. Je belooft elkaar bij te staan, in goede en slechte tijden – tot de dood ons scheidt.

Niemand die het voorrecht had getuige te zijn geweest bij het huwelijk van Hans en Connie, op 11 november 2009 in de Rode Hoed, had de illusie dat Hans de honderd zou halen – Connie ook niet, denk ik. Je kunt mijn zus veel toedichten, gebrek aan realiteitszin hoort er niet bij. Toch ging er een golf van intens geluk door die zaal toen alle aanwezigen begrepen dat het niet om een verjaardag ging – Hans en Connie elf jaar samen – maar om een huwelijk. Omdat het een daad van beschaving was, zoals Freek zei. Maar ook omdat het een daad was van ongekende, exemplarische levensmoed, zowel van Hans als van Connie.

Het was de mooiste dag die de verschrikkelijkste dag draaglijk moest maken. In die zin ken ik geen ander huwelijk dat meer op de toekomst was gericht dan dat van Hans en Connie.'

Op deze 11de juni zit zijn zoon tegenover me, de man met zo veel vader in zijn gezicht. Hij woont met zijn vrouw Gerdien in Italië. Aan zijn rechterhand draagt hij de zegelring van zijn vader, een beeld dat me pas over enkele uren, als hij al een poos weg is, een pijn bezorgt die ik nauwelijks kan beteugelen. Hij logeert bij zijn vriend die dood zal gaan aan ALS, een progressieve spierziekte, en hij maakte een ronde langs de familie, bezocht zijn halfzussen en beluisterde de verhalen van pijn en verlatenheid, van het onvermogen om elkaar te bereiken. Het doet hem pijn.

Wat hem troost, zegt hij, is de wetenschap dat zijn vader de laatste elf jaar van zijn leven gelukkig was, dat hij het van meet af aan ontroerend vond om te zien hoeveel hij van me hield, dat hij het durfde, dat wij het durfden. Hij zegt dat hij me er dankbaar voor is, voor die liefde voor zijn vader, voor zijn geluk. Het is wat hij in zijn afscheidsrede voor zijn vader in de Mozes en Äronkerk zei: 'Zijn liefde voor Connie was totaal en oprecht en het is goed te zien dat zij nog een heel leven hebben geleefd.'

Zonder te weten waarom deze herinnering in hem opkomt, vertelt hij hoe hij, rond zijn dertigste, zo vreselijk verliefd is geweest op een vrouw dat deze verliefdheid hem veranderde, hij de raarste dingen deed, onvoorstelbare dingen, dat die verliefdheid alles verwoestte wat hem dierbaar was, ook die liefde zelf. De mislukking ervan heeft hem destijds bijna gedood, zegt hij, en dat hij toen besloot dit nooit meer te willen meemaken, de gruwelijke pijn van zo'n liefde, zo angstaanjagend veel van iemand te houden dat het leven zonder haar ondenkbaar was, waardeloos, niet om vol te houden.

Ik denk dat deze herinnering in hem opkomt omdat ik de pijn heb die hij nooit meer wilde hebben. Ik zeg dat de liefde en de dood onlosmakelijk verbonden zijn, dat je, vanaf het moment dat je liefhebt, bezig bent met de dood, met anticiperende rouw om een dood die komen gaat, en soms met rouw om wat er niet was. Ik vertel hem hoe ik op een dag bij zijn vader in huilen uitbarstte, omdat ik opeens hevig verlangde naar het leven dat ik nooit met hem had geleid.

Het maakt me verdrietig na een paar uur afscheid van hem te moeten nemen. Ik zou me nog uren willen laven aan het gezicht waarin zo veel gezicht van de vader zit, om langer te verwijlen in de waan dat hij hier aanwezig is in een andere vorm. Tegen de pijn van het afscheid zet ik de zinnen van Olivier in, zinnen die ik de afgelopen maanden in variaties te horen of te lezen kreeg en die me door hun gelijkluidende boodschap steeds overhoop halen, het ergste kwellen en het meest troosten tegelijk. Het zijn de zinnen waardoor ik, behalve hem, *ons* mis, het paar. Ze denderen door mijn hoofd, ik ben de schrijvers ervan dankbaar, ook al wakkeren ze de begeerte aan naar dat wat is geweest en wat voorgoed naar de voltooid verleden tijd is verbannen: wij.

Wij is voorbij.

Wij is dood.

Meervoud tegenwoordige tijd.

Uit de grammatica gevallen, onmogelijk nog in een zin te vatten.

Wij zijn niet meer, einde verhaal.

Je zegt nooit: ik was zijn kind, ik was zijn zus, ik was zijn broer, ik was zijn vrouw. Olivier *is* zijn zoon, Marie en Stanja *zijn* zijn dochters, Noor, Pien en Hugo *zijn* zijn kleinkinderen, ik *ben* zijn vrouw. Het komt me rechtvaardig voor dat wij in de tegenwoordige tijd blijven en dat de rest van de wereld naar de verleden tijd is verbannen. Je *was* zijn vriend, *was* zijn buurman, *was* zijn assistent. Pas bij onze eigen dood worden ook wij verleden tijd. Door van mij zijn vrouw te maken, eeuwig eigendom, trok hij me de onverganklijkheid van de familie in. En dat was precies wat hij wilde.

Herinneringen aan onze laatste weken laat ik in afgepaste hoeveelheden toe, ze doen te veel pijn. Erover praten kan ik al helemaal niet. Iedereen die ernaar vraagt – hoe het was, of hij leed, of hij wist dat hij dood zou gaan, of ik wist dat hij dood zou gaan – stuit op zwijgen. Het enige wat ik in mijn hoofd blijf herhalen zijn de zinnen die hij me meegeeft als anker: 'Je mag nooit vergeten dat ik niet eerder zoveel van een vrouw gehouden heb als van jou, dat met jou trouwen het mooiste is wat ik ooit heb gedaan, en dat de afgelopen elf jaar de gelukkigste jaren van mijn leven zijn geweest. De rest mag je vergeten.'

'Les regrets aussi?'

'Vooral die.'

Hij heeft ze me met zijn lankmoedigheid niet kunnen besparen: de regrets zijn een regelrechte kwelling. De ruzies, de stekeligheden, de wrevel, het ongeduld, de beledigingen, de drank. In de rouw om een geliefde ontsnapt niemand aan wroeging om de momenten waarop je in je liefde tekortschoot, waarop je hem bewust of onbewust pijn deed.

Vanochtend probeerde ik me de geur van zijn huid te herinneren. Het mislukte, hij ontsnapte me. In de kleerkast besnuffel ik zijn colberts om hem terug te vinden, tot ik meen hem in de verte te bespeuren.

Ontregeld, vind ik ook een waar woord.

En ontzet.

Vrienden nodigen me thuis uit of komen op de Herengracht voor me koken. Dat gaat nu al maanden zo, elke avond. Mijn jongste broer Eric heeft van meet af aan de zaterdagavond geritualiseerd. 'Ik dacht: ze heeft structuur nodig.' Elke zaterdag staat hij rond zes uur voor de deur met een tas vol boodschappen, we praten wat en dan gaat hij in de keuken aan het werk. Hij heeft zich in de afgelopen jaren ontwikkeld tot een enthousiaste amateurkok, maakt de heerlijkste gerechten en is trots omdat ik alles lekker vind, en omdat hij me in leven houdt. Na het eten kijken we naar de detectives op de televisie of we bekijken een serie op dvd, samen met zijn vrouw Pauline die zich later bij ons voegt.

Structuur, nieuwe rituelen, bakens in die zee van tijd, het is het enige wat helpt. Ik weet het, maar ik ben nog te slap en te krachteloos om zelf een nieuwe orde in mijn overgebleven leven aan te brengen.

Gisteravond at ik bij Volken Beck en Eefje Nanninga. Zoals aan anderen vraag ik ook aan hen welk boek over de dood ze ooit lazen en mooi vonden. Eefje komt met *De deur* (1972) van Bert Schierbeek. Daarmee katapulteert ze me tweeëntwintig jaar terug in de tijd, naar een zolderetage in de steeg tussen de Dam en de Oudezijds waar het op de tafel lag bij de man die daar woonde. Hij vertelde dat hij een kind had verloren en dat Schierbeek in deze bundel schreef over zijn vrouw, dodelijk verongelukt, net als zijn dochter. Daar las ik voor het eerst die ontbeende gedichten, dat machteloze gestamel.

men

men kan

men kan geen
men kan geen woord
men kan geen woord zeggen
men kan geen woord

men kan geen

men kan niet
men kan
men
niet zeggen

en
ook
ik niet

en

kijk
’t is veel erger
dan je denkt
als je denkt
is ’t nog erger

Ik geloof dat ze toen nog meer indruk op me maakten dan nu, ook al *weet* ik nu alles wat ik me toen hoogstens kon *voorstellen*, dat het verschrikkelijk moet zijn, je kind verliezen, je vrouw verliezen, ik weet nu dat het veel erger is dan je denkt. Maar ik hou niet van het taalspel dat het erger is dan je denkt *als* je denkt. Alsof het een keuze is. Je kunt niet *niet* denken. Het is alles wat je hebt. Je hebt pijn omdat je aan hem denkt, maar je leeft alleen nog maar om aan hem te kunnen denken. Zoals je tijdens jullie leven de enige op de wereld was die hem de godganse dag met zich meedraagt, zo ben je nu de enige op de wereld die hem de godganse dag op zijn netvlies heeft, hem onafgebroken herdenkt. Het verdriet van het denken is de reden van je bestaan geworden, het enige wat het de moeite waard maakt.

Soms realiseer ik me dat hij het zich alleen maar kon voorstellen, dat hij het nooit heeft meegemaakt, een kind verliezen, een vrouw verliezen. Ik zou het hem postuum moeten gunnen, dankbaar dat hem het lijden van de rouw bespaard is gebleven, maar dat doe ik niet. In de verbeelding waaraan ik ben overgeleverd, bezorgt zijn gebrek aan kennis me een gevoel van uitsluiting en maakt me nog eenzamer dan ik al ben. De verbeelding staat me geen delen toe, niet de troostrijke illusie dat hij weet wat ik doormaak. Hierin zijn we verdeeld, we zijn niet samen. Ik zou willen dat ik me kon inbeelden dat hij weet wat ik doormaak en dat hij met me te doen heeft. Het kan me niks schelen om de ironie in zijn stem te horen als hij me verzenuwd door het leven ziet stuntelen en zegt: 'Arme schat, wat heb je toch een moeilijk leven.'

De zoektocht naar zijn handschrift gaat door. Zelfs onaffe zinnen van hem doen zijn stem opklinken, maken zijn opmerkingsgave navolgbaar, verschaffen me toegang tot zijn beeldspraak, zijn gedachten, zijn hoofd. Als een uitgehongerd roofdier schuim ik het kantoor af op zoek naar voedsel voor wat pijn en troost tegelijk is: taal, handschrift. Vandaag bestaat de prooi uit een klein notitieboekje dat hij bijhield tijdens een bezoek aan Hongkong. 'Lief Chineesje. Buigend en lachend. Haast klappend voor zijn eigen speech.'

Ik pik elke snipper op als een ekster, versleep hem naar mijn eigen nest, bedek hem onder andere bladen en doe de deur op slot. Het nest is de kamer die hij voor mij liet inrichten, zodat ik een eigen werkplek had en we meer en meer in zijn huis konden samenwonen.

In zijn dagboeken kijk ik zo nu en dan vluchtig. Het lezen mijd ik nog. Een ampere blik op de dicht beschreven pagina's zonder marge aan de linker- of rechterkant, zonder aanduiding van data en jaartallen, op het regelmatige schuine handschrift in zwart of blauw, kan ik al bijna niet verdragen. De eerste keer dat ik het probeer en in bed het folioschrift opsla, dwarrelen wat fijne zandkorrels op mijn kussen. Ik veeg ze bijeen en doe ze in een enveloppe. Idem met een verloren haar.

24 juni 2010

In de nog schemerige halfslaap van het ontwaken moet ik opeens grinniken. Ik zie voor me hoe hij naast me in bed weer eens zit te knoeien met zijn gekookte ei. Hij kijkt me schalks aan en zegt: 'Dit eitje zat ongelooflijk tegen te werken.' Even later rommelt mijn maag. 'Misschien wil dat eitje een zusje,' zegt hij terloops, maar ik moet er zo om lachen dat hij glunderend doorgaat met knoeien. De herinneringen aan het lachen zijn net zo bijtend en balsemend als die aan het huilen.

gelachen hebben we...

maar we zouden niet vergeten dat
we hebben gelachen, gelachen hebben
we veel en dat zal ik niet vergeten
want we hebben gelachen en veel hè?
en dat zullen we nooit vergeten om-
dat we zoveel gelachen hebben en dat
niet vergeten gvd wat hebben we gelachen
en niet en nooit vergeten dat we zo
hebben gelachen omdat we samen waren
en zoveel gelachen hebben dat we
het nooit zullen vergeten

Bert Schierbeek
(In: *De deur*; 1972)

Ik heb de knoop doorgehakt. Ik heb besloten om op de Herengracht te blijven wonen. In de afgelopen maanden heb ik me steeds meer losgemaakt van de Prinsengracht. Als ik er kom is het alsof ik op bezoek ga bij iemand die ik ooit was. Het huis en Hans zijn zo vervlochten dat weggaan van de Herengracht zou betekenen dat ik hem daar alleen achterlaat, dat ik hem verlaat. 'Heb ik je al verteld hoeveel ik van dit huis hou. Dat kerkwit.' De gedachte dat iemand anders dan ik zich hier bij hem nestelt, maakt me jaloers, alsof ik hem weggeef, alsof ik hem toesta om vreemd te gaan. We gaan postuum samenwonen. Aan de vrienden die me hebben geholpen een besluit over de keuze voor een van de huizen te nemen, vertel ik dat ik een ander leven wil gaan leiden. Meer zoals hij. Gastvrij, in een huis dat openstaat voor anderen.

Voor het eerst ga ik leven en werken onder één dak brengen.

Het is alsof ik de liefde en de dood bijeenbreng.

Je kunt niet schrijven over de dood, zonder over de liefde te schrijven. Een element van de liefde is het besef van de volstrekte uniciteit van die ander. Er is niemand zoals hij, en er is zeker niemand zoals hij voor mij. Wat met hem verdween, is onvervangbaar, het verlies is onherstelbaar.

Als apen de keuze hebben tussen iemand die hun wél te eten geeft, maar aan wie ze zich níet kunnen vastklampen, en iemand aan wie ze zich kunnen vastklampen maar die hun voedsel onthoudt, kiezen ze voor de laatste. Liever verhongeren dan niet aangeraakt worden.

Het zijn observaties uit de hechtingstheorie van John Bowlby. In zijn trilogie *Attachment and Loss* (1969, 1972, 1980) onderscheidt Bowlby vijf reacties die kenmerkend zijn voor hechtingsgedrag: *sucking, clinging, following, crying* en *smiling*. We voeden elkaar, hangen aan elkaar, lopen achter elkaar aan, huilen en lachen samen. Aan elkaar verslingerd. In zijn toespraak op ons huwelijk heeft Rudi Fuchs het daarover. Hij houdt hem aan de hand van een beschouwing van *Het joodse bruidje* van Rembrandt. Hij heeft de afbeelding bij zich en steekt hem af en toe in de hoogte. De handen van de bruidegom doen hem aan de handen van Hans denken, en hij ziet het bruidje van Rembrandt hetzelfde doen wat ik altijd doe, dat ik niet alleen die handen op mijn lichaam wil voelen, maar ook nog eens de handen zelf wil aanraken.

De biografische gegevens die ik van John Bowlby op Wikipedia vind scheren rakelings langs die van Hans. Kostschool, kindermeisje. 'Toen hij bijna vier was, verliet de kinderjuffrouw de familie, wat hij later beschrijft als een verlies zo groot als het verlies van een moeder.' Het maakt me weer wee van deernis met het kind dat Hans was. Als zijn eerste levensjaren zo lijken op die van een jongetje dat zich in zijn volwassen leven als psychiater zal toeleggen op het doorgronden van verlatingsangst en gehechtheid, dan was Hans er een specialist in zonder het te weten.

Hij vertelt over het afscheid van het kindermeisje waaraan hij zo verknocht was geraakt, het immense en maandenlange verdriet dat hij had toen ze het gezin verliet om te gaan trouwen, hoe hij zijn armen rond haar benen sloeg en zich aan haar vastklampte. Hij vertelt dat hij de moedermelk niet lustte en moeite had de fysieke nabijheid van zijn moeder te verdragen, en hoe schuldig hij zich daarover voelt. Maar hij vertelt ook dat hij onder de piano ging zitten als zij Schubert of Beethoven speelde, verborgen, dichtbij, en toch op afstand. Hij vindt het volstrekt normaal dat hij op zijn elfde, midden in de oorlog, naar kostschool wordt gestuurd, en realiseert zich pas op latere leeftijd hoe kwellend zijn heimwee was, dat hij in de week voordat hij terug moest naar de kostschool, ziek was en geen hap door zijn keel kreeg.

'Terug naar de hunkerbunker,' zegt hij.

Denken doe je niet om niet. Denken doe je om problemen op te lossen, om pijn te verlichten, om beter te kunnen leven, om te overleven. John Bowlby denkt na over de rol van de moeder in het leven van een kind om zijn eigen gemis aan haar goed te maken, om zijn verlatingspijn en bindingsangst te beteugelen. De te vroege scheiding van de moeder dompelt het kind onder in verdriet en rouw. Als reactie op die rouw zal het kind eerst in opstand komen, daarna wanhopen en zich vervolgens rigoureus losmaken. Het zal de rest van zijn leven bang zijn om zich aan iemand te hechten. 'Ik ben als de dood dat ik me verschrikkelijk aan je ga hechten,' zegt Hans in een van de eerste weken. Een jaar later zegt hij: 'Ik sta me toe om me aan je te hechten. Je bent me overkomen als een ziekte.' Hij ziet mijn verschrikte gezicht en voegt eraan toe: 'In de onvermijdelijkheid zit het compliment.'

Toen ik voor het eerst zei: 'Ik hou zoveel van jou', zei hij dat dat te weinig was. Hij zei dat 'Ik hou van jou' meer was dan 'Ik hou zoveel van jou', omdat er aan 'veel' nog altijd iets toegevoegd kon worden, terwijl als je zei: 'Ik hou van jou', er niets meer bij kon. Veel was niet alles. Nadat hij die correctie op mijn liefdesuiting had gemaakt, begreep ik dat zijn verlatingspijn minstens zo groot, zo niet groter was dan de mijne.

Pas in de rouw voel je lichamelijk wat het betekent om één vlees te zijn.

Blijft daar: Plato's beeld van de samengegroeide en door de goden gescheiden geliefden: 'Zo is dus sinds die scheiding bij de mensen het liefdesverlangen ingeplant, waardoor de oorspronkelijke staat van de mens weer wordt hersteld en tevens de wens ontstaat om uit twee een te maken en de oorspronkelijke natuur van de mens te helen.' Blijft daar: Genesis 2:24 'Daarom zal een man zijn vader en zijn moeder verlaten en zijn vrouw aanhangen, en zij zullen tot één vlees zijn.' Blijft daar: Marcus 10:6 'Van het begin der schepping heeft Hij hen als man en vrouw gemaakt; daarom zal een man zijn vader en moeder verlaten, en die twee zullen tot één vlees zijn. Zo zijn zij niet meer twee, maar één vlees.'

Het is het lichaam dat je 'tot brakens toe' mist, zoals Anna Enquist in het gedicht 'Essentie van het missen' schrijft na de dood van haar dochter:

> (...) De kern
> van gemis laat mij koud, geen wijsgerige
>
> held gaat mij helpen. Ik mis
> het vlees, het linkshandige lichaam.

Châteauneuf

25 juni 2010

Schiphol is een mierennest. Dit zijn te veel mensen in een keer. Het lege lichaam gaat zijn eigen gang, het zucht en steunt. Als het bij de gate zit te wachten tot het inchecken begint, doet het wat het al maanden doet, het wiegt heen en weer, naar voren, naar achteren, naar voren, naar achteren. Ook al begeleidt Reinbert me op deze eerste reis zonder Hans, ik voel me kaal en verminkt.

Ik wist wel dat de terugkeer naar Frankrijk zonder hem pijn zou doen, maar het doet veel erger pijn dan ik dacht. Wat ik vergat en wat ik me hier pas realiseer, is dat ik hem op de Herengracht apart heb, los van mij, dat zijn huis een schatkamer is waarin ik hem in elke kamer kan zoeken en vinden, maar dat hier alles rept van een verloren *wij*, van dat uit de tegenwoordige tijd verjaagde meervoud. In tegenstelling tot Amsterdam is dit het huis waar we jarenlang in de zomermaanden vierentwintig uur per etmaal samen waren. Hier zette ik geen stap zonder hem, reed ik geen kilometer zonder hem naast me te hebben in de auto, trokken we alle sporen hand in hand.

Zwaar van een logge verlatenheid maak ik de gang van zitkamer naar slaapkamer, van keuken naar zitbank, van huis naar zwembad, zwem ik ongezien. Zonder zijn blik op mijn lichaam vind ik de half ontklede staat obsceen en beschamend. Waarom zwemmen, zonnebaden, in een zomerjurk rondlopen, *pommes gratin* en fruitsalades maken als het niet is om zijn zinnen te strelen? En ik kan niet genieten zonder ontleend genot. De bloeiende oleander, de lavendel en de klaprozen, de cipressen, olijfbomen en platanen, de geur van tijm en rozemarijn, de zon, de blauwe lucht, ze kunnen me gestolen worden. In een prachtig Frans, waarvan de klankkleur nog beter lijkt te passen bij zijn warme stem, noemt hij de schoonheid waarmee hij zich omringd weet bij naam en proeft de woorden: *pin parasol, chêne vert, bougainville.*

'O, wat hou ik toch van dit land,' verzucht hij.

Ik genoot van zijn genot.

Ik ben minder goed in leven.

Werken, daar ben ik goed in.

Hier, in Frankrijk, sluiten het verdriet en de eenzaamheid de cirkel. De eerste maanden na zijn dood was de voornaamste bron van lijden dat ik *hem* nooit meer zou zien. Hier komt er iets bij, hier betreur ik het ook dat ik niet meer door hem gezien word. Het is grotesk om een lichaam te hebben als het niet door hem bekeken, aangeraakt en bemind wordt.

Zien en gezien worden, en kennis hebben van die blik, dat je van elkaar weet, dat je er eindelijk op durft te vertrouwen, dat die blik lankmoedig is, goedertieren, meedogend, en vergevend.

Tussen de allereerste notities die Joan Didion maakt na de plotselinge dood van haar man John Gregory Dunne bevindt zich de zin: '*De kwestie van het zelfmedelijden.*' Hij staat er in cursief, als een opgegeven raadsel. Didion weet dat haar man dood is, maar ze kan niet accepteren dat hij is doodgegaan. 'Kwam dat omdat ik het niet kon opvatten als iets wat hem was overkomen? Kwam dat omdat ik het nog steeds opvatte als iets wat mij was overkomen?'

In de twintig hoofdstukken die *Het jaar van magisch denken* (2006) bestrijkt, wordt de kwestie van het zelfmedelijden pas in het zeventiende hoofdstuk hernomen. Met alle afkeer die ze voor het zwelgen en het zielig zijn kan opbrengen, en met begrip voor iedereen die afschuw voelt voor iemand die vervuld is van zelfmedelijden: ze moet concluderen dat zelfmedelijden onontkoombaar is. 'Wie rouwt heeft juist een dringende reden, een dringende noodzaak zelfs, om zelfmedelijden te voelen,' schrijft ze.

Je blijft lang iemand die alles wil blijven doen wat je met hem deed, en die alles wil blijven zeggen wat je tegen hem zei. En elke keer blijkt dat vergeefs. 'Met andere woorden: we worden keer op keer teruggeworpen op onszelf, een situatie die natuurlijkerwijs tot zelfmedelijden leidt.'

Ik vraag me af of ik zelfmedelijden heb. Dat is nogal lastig als je het idee hebt dat er van je zelf, althans van een zelf waarmee te leven viel, weinig over is. Bovendien was ik niet naïef. Hans was vierentwintig jaar ouder dan ik. En hoewel het onmogelijk is je voor te bereiden op wat er met je gebeurt als je man doodgaat, is het net zo onmogelijk niet aan zijn dood te denken. *Praemeditatio futurorum malorum*. Het enige moment van zelfmedelijden dat ik me herinner had ik bij het lezen van een van de laatste fragmenten uit het dagboek van C.S. Lewis. 'Op een keer, vlak voor het einde, zei ik tegen haar: "Als je kunt – als het je toegestaan wordt – kom dan bij me als ik ook op mijn sterfbed lig."'

Ik geloof wel dat een evenzo verguisd egoïsme onvermijdelijk is. Het is het egoïsme van een aangeschoten beest dat pijn heeft en niets anders weet te doen dan te overleven. Of van de stier in de arena, getergd door pijlen in zijn nek en flanken, woest om een pijn waar hij vanaf wil, waarvan hij meent te worden verlost als hij op die toreador met zijn lap af stormt. Hij heeft helemaal geen hekel aan die mannen in de arena, hij wil alleen maar van die pijn af. Ik meen het beeld van de stier te ontlenen aan een interview met Thomas Bernhard, maar ik kan het op internet niet terugvinden op de plek waar het volgens een kenner van zijn werk te verwachten zou zijn. Bernhard zit met een interviewster in Madrid naar een stierengevecht te kijken. 'Jetzt kommt der grauenhaften Stich,' zegt hij. Half afgewend en toch onherroepelijk aangetrokken door de wreedheid van het tafereel, kijkt hij naar het doden van de stier, naar wat mensen vermogen. 'Der Stier will ja nichts, der will gar nichts,' mompelt hij.

26 juni 2010

In Frankrijk is het te warm om nog langer zijn XXL-truien te dragen. Nu ik ze uittrek is het alsof ik hem van me afstroop. Ik ben niet alleen de veiligheid van zijn kleren kwijt, ik moet weer nadenken over wat ik zal dragen. Dat kiezen komt me absurd voor. Met kleren kleed je ook je verlangen naar de dag. Je trekt je verwachtingen ervan een jurk, een broek, laarzen of pumps aan. Kleren uitkiezen doe je als je zin hebt in de dag en die heb ik niet. Ik weet precies hoe hij eruit gaat zien, als elke andere voorafgaande dag, zonder hem.

Het enige wat ik nu nog van hem draag zijn zijn boxershorts.

Zolang ik niet gekleed ben, stel ik het begin van dit quasileven uit. Ook hier breng ik de eerste uren in bed door, de benen onder me gekruist, de laptop voor me. De luiken staan open, het ononderbroken gesjirp van de *cigales* maakt de stilte eromheen hoorbaar. Het kortstondig verlaten van deze kamer, om een kop koffie te halen in de keuken of om naar de wc te gaan, ontregelt me. Als ik terugkeer in de slaapkamer loop ik de eenzaamheid van mijn eigen lucht binnen. Nergens omhelst de geur van mijn crèmes en parfums nog die van zijn scheerzeep en aftershave. Geen verstrengeling van Hermès en Halston, van Chanel en Gilette.

Ik heb een briefje met zijn handschrift meegenomen naar Frankrijk. Het zit in plastic verpakt en het ligt onder het kussen waarop zijn hoofd zou moeten liggen. Het was de laatste prooi tijdens mijn strooptocht vlak voor het vertrek naar Frankrijk. Hij schreef het in 1990, in een kleiner handschrift dan ik van hem gewend ben. Ik heb het bij mijn bagage gestopt omdat ik nauwelijks kon verdragen wat ik las, en het daarom steeds opnieuw wilde lezen.

> Ik heb een pretentie over het leven waarvoor ik ontoereikend ben toegerust.
>
> Moet de uitrusting normatief zijn of de pretentie.
>
> Ongeluk = besef van die ontoereikendheid. Pas als ik de zekerheid zou hebben dat de pretentie terecht is (normatief) en de middelen ontoereikend, zou ik kunnen/willen besluiten eruit te stappen. En dan nog... Er zijn de anderen.

Waarom toch die onevenwichtigheid tussen pretentie en middelen.

Algemene cultuurkarakteristiek = pretenties, die we niet waar kunnen maken.

Pretenties (idealen?) zijn de woekeringen die ontstaan als gevolg van de straling, die vrijkomt bij The Big Split.

Ik weet niet goed wat het lezen van dit briefje met me doet. Ik kus het. Ik heb te doen met de man die hij was, ik huiver van de somberheid, van de suggestie dat hij eruit zou willen stappen, en tegelijkertijd ben ik dankbaar en trots, blij dat hij in de afgelopen jaren voor iemand toereikend is geweest. Het briefje herinnert me aan vroegere gesprekken, gevoerd in de tijd waarin we ons aan elkaar voorstelden, onze kaarten op tafel legden. Gesprekken waarin hij zegt dat hij er lang geen idee van had hoe hij dit leven door moest komen, dat hij bang was dat het hem nooit zou lukken, dat hij zich er onvoldoende voor toegerust voelde. Ik begrijp niet hoe hij zoiets van zichzelf gedacht kan hebben, ik vind hem juist een *Lebenman*. Hij spreekt het tegen. Hij zegt: 'Het is me allemaal overkomen.' Als ik vraag wat dan allemaal, zegt hij: 'Alles, de politiek, mijn hele leven eigenlijk. Ik ben overal in gerold.' Hoewel ik de angst voor het leven maar al te goed ken, verontrusten zijn opmerkingen me. Ik wil niet in een leven van toeval horen, ik wil gewild zijn. 'Heb je dan nooit iets gewild?' vraag ik. 'Ik ben bang dat ik alles wat ik ooit echt heb gewild, zich in mijn hoofd heeft afgespeeld, en dat ik het in mijn leven heb nagelaten,' zegt hij. 'Wat ik wilde was te groot, te absoluut, te hoog gereikt voor mij.' Ik herinner me dat ik me er toen met een grap vanaf heb gemaakt. 'Om mij te bereiken hoef je alleen maar te bukken.'

Na de vorige dood stuurden meerdere lezers me dezelfde smalle, langwerpige Witte Beertjes-pocket toe: *Niet meer dan een ademtocht* (1963) van Anne Philipe. Zonder hem bij naam te noemen beschrijft ze het sterfbed en de dood van haar man Gérard Philipe, de acteur die ik als kind in *Fanfan la Tulipe* (1952) zag spelen en die op 36-jarige leeftijd, op mijn vierde verjaardag, doodging aan leverkanker. Zoals alle mannen en vrouwen die overblijven na een huwelijk met een bekend iemand, iemand die ook een publieke persoonlijkheid is, moet Anne Philipe een vorm vinden om het verdriet van de wereld te scheiden van haar eigen verdriet. Voor de schrijfster is niet de beroemde en geliefde acteur Gérard Philipe doodgegaan, maar haar man. Om hem voor zichzelf te houden spreekt ze hem in haar boek toe in de je-vorm. *Niet meer dan een ademtocht* is een lange, intieme brief die door honderdduizenden gelezen zal worden behalve door die ene aan wie hij is gericht.

Haar man is ernstig ziek. Na een operatie hebben de doktoren tegen haar gezegd dat hij niet meer te redden is, dat hij snel dood zal gaan. Ze verzwijgt voor hem dat hij zal gaan sterven. Ze wil hem het lijden aan de kennis van zijn aankomende dood besparen. Daarvoor moet ze tegen hem liegen. Ze moet hun liefde verraden uit liefde. Als hij dood is schrijft ze: 'Ik was alleen. Misschien wist ik nog niet hoe onzinnig het zou zijn, niet zozeer om alleen te zijn, maar om niet meer samen met jou te zijn.'

Nu ik het boek voor de zoveelste keer herlees, treft me de veelzeggendheid van het verschil tussen 'alleen zijn' en 'niet meer samen zijn'. En ze vindt een pakkend woord om het onderscheid tussen die twee te beschrijven: onzinnig.

Ontzet, ontaard, ontregeld, onzinnig.

Ervan overtuigd dat P.F. Thomése iets over die eerste lettergrepen beweerde, pak ik *Schaduwkind* (2005) erbij om de passage te zoeken. Hij schreef het na de dood van zijn zes weken oude dochtertje.

'Er zijn alleen nog woorden die beginnen met on- en ont-, woorden dus die zich proberen los te maken, die proberen iets níet te zeggen.'

Ik ben blij dat ik weer kan lezen, al is het alleen maar rouwkost, zoals Reinbert mijn meegebrachte boeken over het leed noemt. Mijn vrienden, Gerard Bouwhuis en Heleen Hulst, zijn met de auto naar Frankrijk gereden en hebben bij mij thuis een kist met rouwkost opgehaald. Op een enkel gedicht na, lukte lezen wekenlang niet, de zinnen dwaalden over de bladzijden, ik vond alles even onbeduidend. Vooral fictie. Fictie lezen is ondoenlijk, nog steeds. De verbeelding van anderen, de ingenieuze literaire constructies, de gelaagdheid van een werk, de veelvoud aan betekenissen, alles wat ik normaal gesproken in de roman bewonder, staat me nu faliekant tegen. Het is mijlenver verwijderd van de monomane waarheid waaraan ik elk uur van de dag ben blootgesteld, de verbijsterende waarheid van zijn dood. En zelf doen wat de roman van me zou vragen, het machtige werk om van het lot een plot te maken, is ondenkbaar.

Het eerste boek dat ik na zijn dood lees is *Rouwdagboek* (2009) van Roland Barthes, dat ik op een avond in mei van Els Timmerman en Peter van Straaten cadeau krijg. De uren die ik daarna lezend in bed doorbreng maken me rustiger dan ik in lange tijd ben geweest. Opeens schemert er een verdraaglijke toekomst aan het einde van de nacht, weet ik dat het mogelijk is, weet ik dat het lezen me op een dag weer geluk zal bezorgen. Alleen lezend en schrijvend kan ik mijn verlatenheid omzetten in een gekoesterde eenzaamheid.

Roland Barthes schrijft het rouwdagboek naar aanleiding van de dood van zijn moeder. Het zijn notities, neergeschreven op archiefkaarten. In het boek staan de zinnen met veel wit omgeven afgedrukt op de pagina's, gedachten als gedichten. Hij beschrijft een zo intieme rouw alsof niet zijn moeder, maar zijn geliefde is doodgegaan. Barthes heeft zijn hele leven bij haar gewoond.

'Mijn rouw is rouw om de liefhebbende relatie en niet om de ordening van het leven. Hij komt tot mij door de woorden (van liefde) die in mijn hoofd zijn opgekomen...'

In de avond heb ik een gesprek met Reinbert over de geheime dagboeken van Hans Warren, en het lijden van zijn man, Mario Molegraaf, met wie hij 23 jaar samenleefde, en die zichzelf in het laatste dagboek terugvindt als een egoïstisch, dreinerig, liefdeloos personage. Het is het *Geheim dagboek 2001* (2002). Warren maakt de laatste aantekening drie dagen voor zijn dood op 19 december 2001. Het dagboek wordt tien maanden later uitgegeven op de dag waarop Warren tweeëntachtig zou zijn geworden. Mario Molegraaf vraagt me het eerste exemplaar aan te bieden, en dat doe ik. 'Leven om te schrijven en schrijven om te kunnen leven', noem ik de drijfveer achter het beoefenen van de dagboekliteratuur.

Reinbert vindt het absurd, het publiceren van een geheim dagboek, de contradictie ervan. Ik denk dat de keuze van Hans Warren voor die tegenspraak tussen openbaring en geheimhouding te maken heeft met schaamte, met een leven en een huwelijk waarin hij aanvankelijk zijn homoseksualiteit moest verbergen. Het talent om te schrijven komt voort uit het onvermogen om te spreken, om openhartig te zijn.

Hoeveel pijn het ook doet hem in de taal terug te vinden, ik keer steeds terug naar mijn aantekenboekjes. Zijn ingenieuze, droogkomische zinnen kan ik onmogelijk letterlijk onthouden. Ik moet ze telkens opnieuw opzoeken en overlezen om me weer door ze te laten bijten. Naarmate we elkaar langer kennen, schrijf ik steeds minder zijn zinnen op. In plaats van een dagboek zoals hij het bijhield, vind ik in mijn aantekenboekjes alleen nog de notities waarvoor ik ze heb bestemd: ideeën en gedachten voor de roman of het essay waarmee ik bezig ben. De spijt over de vervlogen zinnen van hem vermomt zich soms als razende woede op mezelf, soms als diepe droefheid.

In de boekjes tot 2003, toen ik na acht jaar stopte met een psychoanalytische therapie en afscheid van hem nam, tref ik ook zinnen aan van mijn psychiater Louis Tas. Vanaf het begin van dit onbarmhartige jaar heb ik naar Tas verlangd, naar zijn lankmoedige steun, zijn scherpzinnigheid, zijn humor. Tas is de laatste jaren ernstiger gaan lijden aan de ziekte van het vergeten en woont nu in een verzorgingstehuis. Ook bij hem moet ik het met de opgetekende zinnen doen. Het lezen ervan maakt het verlangen naar zijn blik wakker, naar iemand die me goedgezind is, die begrip opbrengt voor mijn ruzieachtige gedrag, mijn woede, mijn drankgebruik, die me uitlegt waarom ik dat doe, en die het voor me opneemt. 'Schaamte is gebrek aan empathie met jezelf,' zegt Tas.

Van een aantekening in het schrift van 1 juli 1999 tot 4 juni 2000 krijg ik het koud. Op 13 maart 2000 staat er: 'Bezeten van hem, zegt Tas. Een (dybuk?) Alsof hij H. zag toen ik binnenkwam. Tas schrok ervan.' Ik heb geen idee wat dybuk betekent en kan me niet herinneren dat ik het destijds heb opgezocht. Omdat ik snak naar de wijsheid van Tas die in dit woord verscholen kan liggen, ben ik opeens bang dat ik hem toen verkeerd heb verstaan en dat het daardoor onvindbaar blijkt. Zoekend met Google heeft die geen enkel probleem met de onjuiste spelling: 'Bedoelde u *dybbuk?*'

> In Jewish folklore, a dybbuk is a malicious or benevolent possessing spirit believed to be the dislocated soul of a dead person.
>
> The word 'dybbuk' is derived from the Hebrew דיבוק, meaning 'attachment'; the dybbuk attaches itself to the body of a living person and inhabits the flesh.

Bezeten van hem.

Dybbuk betekent *attachment*, hechting.

De wijsheid van mijn moeder die dat ziet bij haar enige dochter en die daar bang van wordt. Die haar kind wil behoeden voor pijn en het daarom vermanend toespreekt, tegen het kind zegt dat het zich niet zo aan iets moet hechten.

Wat ik dan verkeerd deed? Ze zei dat het dat was waardoor ik er onnodig veel leed van had als iets doodging of stuk, of als iets verdween.

'Het is allemaal het verdriet niet waard,' zei ze.

Wat dan wel, vroeg ik me af zonder het aan haar te vragen, omdat ik het wel kon raden. Familie, kinderen, je eigen vlees en bloed, dat was altijd leed, maar tenminste leed van kaliber.

Ze liet me achter in verwarring. Het woord hechten had zich in mijn hoofd genesteld en het betekende iets wat ik goed begreep, maar op een manier dat ik er niks mee kon. Zonder te weten hoe, deed ik telkens iets verkeerd en daarmee berokkende ik mijzelf verdriet. De vijand was onzichtbaar, want ik was het zelf.

(In: *De vriendschap*; 1995)

Tegenover Tas beken ik dat ik nooit had gedacht weer zoveel van een man te kunnen gaan houden, en dat ik opnieuw geen cent meer geef om mijn zelfstandigheid. 'Nee, en om de zijne blijkbaar ook niet,' reageert Tas. Hij gniffelt minutenlang om zijn eigen opmerking als hij ziet dat ik niet meer bijkom van het lachen. Nog wekenlang daarna amuseren Hans en ik ons dagelijks met die reactie van Tas, net als met een opmerking waarvan hij op den duur alleen maar het eerste woord hoeft te mompelen om me in een lachstuip te krijgen: 'Die Uberschätzung des Seksualobjekts.' Met een andere observatie duiken Hans en ik in onze jeugd om die te vergelijken. Tas zegt dat, hoe liefdevol ik ook ben opgevoed, blijkbaar niemand zich goed raad heeft geweten met mijn grote aanhankelijkheid. Ik meen dat dat ook voor Hans geldt. Ik hoef maar naar zijn kinderfoto's te kijken om dat te zien, de verlegenheid, de broosheid, het gefnuikte verlangen. Onder een hoedje te vangen.

'Verwend en verwaarloosd,' zeg ik tegen Hans.

Hij kijkt me getroffen aan. 'Bedenk je dat zelf?' vraagt hij.

'Nee,' zeg ik, 'zoiets bedenkt Tas.'

In de tijd dat Tas bij mijn binnenkomst in zijn kamer meende een dybbuk te zien, ben ik al wekenlang doodsbang om Hans te verliezen. De chronische hepatitis C die hij in het begin van de jaren tachtig in het Amsterdams Medisch Centrum had opgelopen door een bloedtransfusie waarin zich het virus – toen nog bekend als nonA-nonB – bevond, had er achttien jaar over gedaan om zijn lever te slopen. Toen dat in 1999 geconcludeerd werd en hij me moest vertellen dat hij leverkanker had, huilde hij. 'En nu was ik eindelijk gelukkig,' zei hij. In februari 2000 was hij in het Dijkzigtziekenhuis in Rotterdam open- en weer dichtgemaakt, zoals hij het mistroostig uitdrukte. 'Dit is een doodvonnis. Maar ik ben nog zo jong, ik kom net pas kijken.' Het enige wat hem kon redden was een levertransplantatie. Hoewel de oudste patiënt ooit die zo'n zware operatie moest ondergaan, werd hij na talloze keuringen lichamelijk sterk en fit genoeg bevonden. Hij kwam op een wachtlijst met ruim dertig gegadigden voor hem en sindsdien liep hij met een bieper op zak. De eerste maanden viel er weinig te vrezen, maar vanaf eind april, toen hij bij de eerste vijf wachtenden was gaan horen, werden we nerveuzer. Op 21 mei 2000, toen we in de vroege ochtend op weg waren naar Sint Odiliënberg, waar we met een ochtendmis de sterfdag van mijn vader zouden herdenken, een dag die we in de familie Palmendag noemen, ging om 08.35 uur, op de A2, ter hoogte van Kerkdriel, de bieper af. Hoewel ik onmiddellijk slappe benen kreeg en nauwelijks mijn voet op het gaspedaal kon houden, slaagde ik erin de auto naar de vluchtstrook te manoeuvreren. Hans belde het opgegeven nummer. De laconieke toon waarop hij met de dokter het gesprek voerde, stelde me gerust. Ik was banger dan hij.

'Meneer Van Mierlo, we hebben een lever.'

'En,' vraagt Hans, 'is het een goede lever?'

'Ik mag wel zeggen, meneer Van Mierlo, het is een uitstekende lever.'

Over de rit naar het Dijkzigt in Rotterdam, een rit die vanaf de A2 normaal gesproken hoogstens drie kwartier zou duren, doe ik langer dan een uur.

VERZONDEN: 28 juni 2010 14:30
VAN: Annaleen Louwes
SUBJECT: Marten

Hoewel ik denk dat je helemaal geen slecht nieuws wilt horen, wilde ik je toch even laten weten dat Marten (Jongema) ziek is. Hij heeft sinds mei de diagnose ziekte van Kahler (soort beenmergkanker) en is zich op dit moment aan het voorbereiden op een stamceltransplantatie die ergens in de herfst kan plaatsvinden.

Ik schrijf je dat omdat ik hem veel verzorg en merk dat hij het heel fijn vindt om van bepaalde mensen een teken van leven te krijgen, waaronder jij ook.

Naar bericht hè? Ik hoop dat hij sterk genoeg wordt om alles te ondergaan, nu is hij mager en zwakjes en bedlegerig... bah heel gemeen.

Marten Jongema is de grafisch ontwerper van de boekomslagen van mijn romans en essays. In de afgelopen twintig jaar was hij een van de eersten met wie ik over een boek sprak zonder dat er een manuscript voorhanden was. Hij had aan een half woord genoeg om te weten waar het voor mij om draaide en ging dan aan de slag. Naar de vertaling die hij maakte van de inhoud van een roman of essay naar een beeld, was ik zo nieuwsgierig dat het me vaak te lang duurde eer hij met een tekening kwam. Hij genoot van die opwinding, ze maakte hem trots. 'Er komen twee hoofden bij elkaar,' noemde ik het verbond tussen ons. Een aantal jaren geleden vroeg iemand tijdens een openbaar interview wat ik toch met handen had. Ik begreep de vraag niet. Op de tafel waaraan we zaten lag een stapel van mijn boeken. Eén voor één stak ze de boeken omhoog met het omslag waarop een hand stond afgebeeld. Het was mij nooit opgevallen. Ik kon alleen maar antwoorden dat ik het niet wist, dat ik volledig vertrouwde op de fijnzinnige intelligentie van de grafisch ontwerper, Marten Jongema, en dat hij de enige was die deze vraag zou kunnen beantwoorden. 'Mijn hoofd zit in de binnenkant van die boeken, het zijne in de buitenkant.'

14 april 2011

Die zomer schrijf ik Marten vanuit Frankrijk een brief. Ik beloof hem, na mijn terugkeer in Amsterdam, zo snel mogelijk langs te komen. Na de zomer gaat al mijn tijd en aandacht naar Marie, en ik ga niet bij Marten langs. Omdat ik weet dat hij in psychotherapie is geweest bij Marie, wil ik hem niet choqueren door haar ziekte als excuus gebruiken voor het wegblijven. Ik laat niets van me horen. Pas als Mai het omslag van het logboek ter sprake brengt en ik zeg dat ik alleen Marten wil, neem ik contact met hem op. Of hij niet te ziek is, of hij in staat is de buitenkant te zijn van het logboek? Hij wil niets liever. Samen met Mai maken we een afspraak voor woensdag 30 maart 2011. Voordat we hem bezoeken stuurt Marten me een mail. Het onderwerp van de mail doet denken aan de naam van een geliefde. Pas na het lezen van de mail weet ik wie die geliefde is.

VERZONDEN: 28 maart 2011 20:36
VAN: Marten Jongema
SUBJECT: Amy

Ik zie ernaar uit om je woensdag samen met Mai te kunnen ontvangen. Ons leven kent de laatste jaren merkwaardige parallellen. Liefde, verlies, pijn, niet de minste, kruisen ons pad. Meerdere malen voelde ik me gegijzeld door de liefde. Het meest pijnlijke was echter wel dat pas na afloop van de liefde mijn rol als gegijzelde in volle omvang tot mij doordrong. Gegijzeld door een ziekte is toch van een geheel andere orde. De rolverdeling is scherper afgetekend. De posities zijn duidelijk. Van meet af aan wordt er aan ontsnappen gedacht. Het valt niet mee de fuik van de paradox te ontlopen. Het is een bijzondere kant van het ziek zijn. De fuik zit hem in het feit dat het zicht op verbetering wordt bepaald door forse en ingrijpende medicatie. De medicatie, een chemotherapie, is een eersteklas sloper. Er wordt kwaad met kwaad bestreden. Mijn ziekte amyloidose is er een van het venijnige en moeilijk te bestrijden soort. Behalve de poëtische benaming en dat ze zeldzaam is, zijn alle voordelen wel benoemd.

Maar het gaat langzaam beter! Uit de grafieken van het wekelijks afgenomen bloedonderzoek valt af te lezen dat het bloedbeeld langzaam tot rust komt. De aanmaak en neerslag van eiwitten (amyloid) lijkt zich te stabiliseren. De plasmacellen richten zich voor een deel weer op hun geëigende werk. Het herstel zal nog een tijd vergen en veel meer dan het ombuigen naar een chronische ziekte, zoals dat tegenwoordig heet, zit er niet in.

Op woensdag 30 maart voelt Marten zich te slecht om de afspraak door te laten gaan. We maken een nieuwe afspraak, voor 6 april. Die afspraak wordt door onze gezamenlijke vriendin, Annaleen Louwes, namens hem afgezegd. Marten is opgenomen in het OLVG. Daar sterft hij in de avond van 7 april 2011. Een week later, op 14 april, begraven we hem op Zorgvlied. 's Avonds belt een vriend me op om te vertellen dat Louis Tas dood is.

2 juli 2010

Al dagenlang te neerslachtig en lusteloos om aantekeningen te maken. Wat wel lukt is in de bestaande tekst ingrijpen, het werk doen van de romanschrijver, die ene zin als opening kiezen voor dit boek. Ingrijpen, veranderen, structuur aanbrengen, de dictatuur van de dag verlaten, aan de tirannie van de tegenwoordige tijd ontsnappen.

Schrijven is altijd een vorm van verraad. Was ooit bedoeld als de eerste zin van *Judas*. Verraad is een thema, het verraad van de schrijver. Meer nog dan de roman is het dagboek het genre van het verraad. Jaren geleden, toen Hans me voor het eerst een fragment uit zijn dagboek voorlas, raakte ik daarvan in de war en werd boos. Hij begreep er niets van. Terwijl hij me had willen bekoren met zijn woorden, zat ik te tieren. 'Het was anders, het is alsof we niet hetzelfde hebben meegemaakt,' herhaalde ik steeds. Mijn herinnering aan wat hij beschreef, strookte niet met de zijne. Hij probeerde mijn boosheid te begrijpen. Hij zei dat ik er natuurlijk niet aan gewend was om beschreven te worden. Ik heb dat tegengesproken. Ik heb hem pas later daarin gelijk gegeven, en toen ook begrepen dat ik niet kwaad was, maar bang.

3 juli 2010

Rouw maakt schizofreen. Waar ik ga, ga ik met een verdwenen man. Ik zie hem lopen, zwemmen, in de zon zitten, en zie daardoor tegelijkertijd hoezeer hij er in (de) werkelijkheid niet is. In de ochtend brengt hij me geen koffie op bed, 's middags bakt hij geen ei voor me, aan tafel snijdt hij geen groenten in minieme blokjes voor een *soupe au pistou*, toegewijd, vol aandacht voor wat hij onder handen heeft, knoflook, uien, wortels, courgettes, bleekselderij. Zijn licht gekromde middelvinger danst in de lucht en beneemt me de adem van ontroering. Het heden kiert van het niet en het nooit meer. Volgens Tas waren depressies een reactie op verboden kennis. Rouw heeft met het tegendeel te maken: met absolute kennis, met de genadeloze helderheid van het definitieve. Er blijft niks te weten over. De dood staat onomstotelijk vast, is onomkeerbaar. Leven in de alomtegenwoordigheid van een afwezige is een verscheurende en bedwelmende staat die jou onbetrouwbaar maakt omdat niemand deze verdubbeling aan je afleest, omdat niemand zich kan voorstellen dat jij *continu* begeleid wordt door wat anderen zo nu en dan ervaren, kortstondig, de flits van een herinnering, een fel en kort gemis, een sneer van pijn en ongeloof. Het is een permanent aanwezig verleden dat het heden, waar je je uur voor uur doorheen knaagt, oneigenlijk maakt. Je ademt, je praat, je doet alsof je normaal bent, maar, net als de dode, ben je er en ben je er niet.

De verdubbelde staat lijkt op die waarin je verkeert als je met een roman bezig bent en de werkelijkheid woekert van meerduidigheid en zin, je met het grootste gemak een symbolische lading geeft aan banale gebeurtenissen, woorden en zinnen, omdat ze naadloos passen binnen de structuur van je denken en daarin van hun nietszeggendheid worden ontdaan. Alleen is dat de gelukzalige gespleten staat van de schrijver en gebeurt nu het omgekeerde.

Nu is het de hel van een werkelijkheid die haar voornaamste betekenis ontbeert en je zinledig voorkomt.

Buiten loopt de tuinman die hier wekelijks de planten besproeit. In gedachte oefen ik de zin waarmee ik hem zal aanspreken om hem in te lichten over zijn dood. 'Yones, mon mari est mort.' Ik spreek het niet eens hardop uit, ik stel me alleen voor dat ik het dadelijk ga zeggen. De verbeelde zin met dat ene woord trekt de strop rond mijn keel met een ruk aan.

Mort is dood.

Mort is doder dan dood.

Pas door het woord realiseer ik me dat hij in Frankrijk niet alleen afwezig is, maar dat hij in Frankrijk ook dood is.

'Bonjour, Yones,' zeg ik als ik naar buiten ga.

'Bonjour, madame,' antwoordt hij.

In de namiddag belt mijn oudste broer me om te vertellen dat Harrie Martens dood is. Harrie Martens was mijn leraar, in alle betekenissen van het woord, en een van de belangrijkste mannen in mijn leven, maar ik voel niks. Ik heb onvoldoende ruimte voor afzonderlijk verdriet om al die doden, of voor ook maar de geringste nuance. Ik kan hem niet de eer aandoen iets aparts voor hem te voelen.

4 juli 2010

Ik ga steeds meer terug in de tekst, om er iets van te maken. Het is verraad, bedrog, een schending van de belofte van het genre. Hoe kun je dit nog een logboek noemen? Zouden alle dagboekschrijvers de dictatuur van de dag verlaten, de wetten van het genre schenden, verfraaien, verdiepen, invoegen, aanvullen?

5 juli 2010

'Als het goed is raakt ze in coma en wordt ze dood wakker,' zegt zijn jongere en enige broer als hij me belt om te vertellen dat Doll aan het sterven is. Hij zegt het zo, zegt hij, omdat hij gelooft in een algemeen bewustzijn waarin we terechtkomen na de dood.

Ik wou dat ik dat kon geloven.

Ik wou dat ik iets kon geloven.

Op het belendende perceel wordt een huis gebouwd. Het lawaai van draaiende motoren en drilboren verstoort de rust, de stank van olie en benzine verdringt de kruidige geur van de bloemen en planten. Ik vind het vervelend en ben tegelijkertijd blij dat de zomerse idylle aangevreten is. Het was sowieso een onvolmaakte zomer geweest, ook als hij nog had geleefd.

Overal zie ik stellen, jaloersmakend veel. Bij die waarmee ik bevriend ben valt het me opeens op dat een hecht paar vaak is samengesteld uit een helft met een talent voor het praktische en dagelijkse leven, en een andere helft die zich onderdompelt in werk om niet te veel aan het leven van anderen te hoeven deelnemen. Dat is degene die in het kielzog van de levenslustige leeft, die meekolkt in de stroom van uitgenodigde vrienden, feesten, eten, genieten, plezier hebben, iets wat hij zonder die ander niet zou kunnen.

De volgende avond ben ik voor het eerst alleen met Reinbert. We komen te praten over het goede, over onbaatzuchtigheid, over mensen als Nelson Mandela, Barack Obama. En Hans, zegt Reinbert, dat hij van Hans hield om zijn hoge morele standaard. Ik zeg dat ik niet geloof in pure onbaatzuchtigheid, in onvoorwaardelijke liefde, in het zuivere goede. Het goede heeft me meer kwaad gedaan dan goed. Dat ik geen liefde met Hans had gehad als ik daar wel in had geloofd, dat er überhaupt geen liefde bestaat zonder het kwaad, zonder te erkennen dat iemand baat heeft bij onbaatzuchtigheid. Je houdt pas van iemand als je dat ziet, en als het je ontroert dat hij niet ideaal is, maar het wel probeert te zijn. Dat het goede niet zonder het kwaad kan, zeg ik, dat me dat bezighoudt. Ik herinner me een uitspraak van Stanja, in een gesprek met haar vader over een van haar teleurstellingen. Ik ben hem nooit vergeten omdat hij zo mooi en zo waar was, en het me ontroerde dát en hóe ze het tegen hem zei: 'Je krijgt overal een 10 voor, papa, maar hiervoor niet.' Het gesprek heeft Reinbert verontrust. 'Je verdraagt het slechte van de mensen niet,' zeg ik, 'je idealiseert ze.'

Wanneer zeg ik hetzelfde tegen hem? 'Je idealiseert mensen.' En eraan toevoeg dat hij dat doet om ze op afstand te houden, om intimiteit te mijden. Hij is gauw door anderen geïmponeerd en laat zich gemakkelijk manipuleren. 'Ik kan het soms niet aanzien,' zeg ik.

Het duurt een poos voordat ik in de gaten krijg dat

mijn grootste vijanden de prins in zijn hoofd en het verliteraturen zijn. De prins in zijn hoofd is de ideale minnaar, vader, politicus, vriend, broer. Omdat hij het ideaal koestert en hij zich daar vaak tevreden mee stelt, ontslaat het hem van het handelen in de werkelijkheid. Op eenzelfde manier wordt de werkelijkheid geaborteerd door de literaire beeldspraak, de treffende formulering waarin hij een pijnlijke werkelijkheid vangt en haar tegen de taal wegstreept. 'Het is alsof je alleen nog de woorden over hebt,' zeg ik tegen hem, 'en er niks meer over is van de realiteit.' We ruziën over taal. Ik zeg tegen hem dat hij de taal gebruikt om de werkelijkheid te verfraaien en weg te maken, terwijl ik de taal beschouw als een instrument om de werkelijkheid te doorgronden en te ontrafelen. Hij zegt dat ik precies hetzelfde doe met mijn strenge ballotage, met mijn kritiek, met mijn oordeelslust, met mijn apodictische stelligheden. 'Jij maakt ook de werkelijkheid weg,' zegt hij, 'maar jij valt aan vanaf de andere kant.'

In de middag belt Marie. 'Ik mis je, Con,' zegt ze, 'ik word hier stapelgek.' Ze vertelt dat Amsterdam is veranderd in een carnavalsdorp, waarin mannen, vrouwen en kinderen rondlopen met oranje pruiken en mutsen, de auto's toeterend door de straten rijden, en zelfs de huizen zijn verkleed. Nederland is door het dolle omdat de Oranjeploeg in de halve finale zit. 'Ik voel me overal van afgesneden,' zegt Marie. Er is heel wat meer voor nodig om ons vreugde te bezorgen. We zijn uitgesloten van een heden, buiten het web dat anderen onderling verbindt.

'Voetbal is de nieuwe religie,' zeg ik.

'Maar onze god is dood,' vult Marie aan.

6 juli 2010

Jan Blokker is dood. De afgelopen jaren troffen we elkaar vaak in het OLVG, een aandoenlijke ontmoeting van twee heren in een rolstoel, ieder voortgeduwd door hun vrouw. Wellevend als de oude vrienden zijn, sturen ze elkaar over en weer fraaie boeketten met bemoedigende kaartjes toe, zodra de een of de ander in het ziekenhuis is beland. Doll is al een aantal jaren goed bevriend met Jan en Anneke Blokker. Tijdens haar verblijf op de gracht, voor en na Hans zijn dood, brengt Doll een avond bij hen door.

Ze eten, drinken, praten.

Ze weten niet dat de dood om de hoek staat en twee van hen nog maar een paar maanden te leven hebben.

7 juli 2010

Doll is dood.

10 juli 2010

Tussen de meegenomen rouwliteratuur bevindt zich ook een boek van Cornelis Verhoeven: *Het leedwezen. Beschouwingen over troost en verdriet, leven en dood* (1971). Hij stuurde het me toe in de zomer van 1995. Als bladwijzer gebruik ik de brief die hij bij het boek had gevoegd.

> Omdat ik begrepen heb dat je op zoek bent naar literatuur over verdriet, stuur ik je een oud boekje van mij zelf. Mis-

schien ergert het je door zijn afstandelijkheid; maar voor mij was dat in die tijd de enige manier waarop ik een onderwerp als dit kon benaderen.

Ik herinner me de zoektocht naar literatuur over verdriet. En dat geen enkel boek me in de eerste maanden kon geven wat ik zocht. Door onder meer het lezen van *Het leedwezen* van Cornelis Verhoeven realiseer ik me wat er anders is aan de omgang met deze en de eerste dood. Essayistische, analytische en filosofische literatuur die me vijftien jaar geleden niets zei, waarvoor ik de concentratie niet kon opbrengen, spreekt me nu wel aan. Het heeft, behalve met mijn leeftijd, ook ongetwijfeld te maken met het schrijven van een logboek. Vijftien jaar geleden was ik overstelpt door de dood, niet tot denken in staat. Nu raak ik door het schrijven gewapend met verstand. Er valt geen kroniek van de rouw te schrijven zonder te willen weten hoe het voor anderen is, zonder samenspraak met andere schrijvers.

11 juli 2010

Over de dagen tussen de dood van Doll en mijn vertrek naar Rome maak ik in telegramstijl notities, om te zien of ik er later iets mee doe. Openingsvoorstelling in Avignon, Cour d'Honneur: *Papperlapapp* van Christoph Marthaler. Ik val in slaap. Ik droom dat ik een glas van tafel pak om het aan Hans te geven. Slapend graai ik in het haar van een vrouw in de rij voor me. Reinbert kijkt me verschrikt aan.

'Wat doe je nou?'

'Ik pak een glas voor Hans,' zeg ik.

We zitten hoog. Beneden staan de acteurs in een lange rij met hun rug naar het publiek toe. Ze leunen tegen een klaagmuur. Ze blijven net zo lang staan als het 'Lacrimosa' van Mozart duurt.

Wanneer en waarom zijn we in onze cultuur het lamenteren gaan verbieden? Waar zijn de klaagliederen voor de doden? Wie schrijft de elegieën voor de vaders, moeders, zonen en dochters, mannen en vrouwen? Sinds wanneer en waarom werd klagen, jammeren en jeremiëren een verboden taal? Sinds we de dood uit het leven hebben verbannen? Of sinds we hem uit handen hebben gegeven, hem niet langer met ons meedragen, als een eigenschap van onze persoonlijkheid, maar hem overlaten aan de nieuwe vijanden van de dood: de medische wetenschap en de politiek? Het aantal bladzijden dat ik in mijn leven waarschijnlijk het vaakst heb herlezen, staat in *De aantekeningen van Malte Laurids Brigge* (1910) van Rainer Maria Rilke. 'Wie heeft vandaag de dag nog wat over voor een goed afgewerkte dood?' vraagt Malte Laurids Brigge zich af bij het langdurige sterfbed van zijn grootvader, de kamerheer Brigge. 'De wens een eigen dood te bezitten wordt steeds zeldzamer. Even nog, en hij zal even zeldzaam zijn als een eigen leven. (...) Vroeger wist men (of beter misschien men vermoedde), dat men de dood in zich had als de vrucht de pit. De kinderen hadden een kleine in zich en de volwassenen een grote. De vrouwen hadden hem in de schoot en de mannen in de borst. Die *had* je, en dat gaf je een bijpassende waardigheid en stille trots.'

Hoe troostrijk ik het ook vind mijn eigen dood te beschouwen als mijn liefste vijand, bij de dood van anderen kan ik er niks mee.

Rome

12 juli 2010

We hebben Doll in Rome begraven na een dienst in de Kerk der Friezen. Terwijl ik de dienst meemaak, ben ik hem al aan het vergeten. Ook dat is schaamte. Voor het lot van opnieuw een dood, voor die bomvolle kerk, voor hun blik, voor wat ze zien.

Ik ben niet-Hans.

Ik ben niet-lievelingsbroer.

Wat ik me nog herinner van de toespraken is dat de priester Dostojevski aanhaalde om het verschil tussen een gelovige en een ongelovige te definiëren. Dat voor een gelovige een afwezige aanwezig is en voor een ongelovige een aanwezige afwezig. De holle retoriek van de omkering ergert me, die pseudoveelzeggendheid. Het is precies hetzelfde. Een dode wordt goddelijk, alom aanwezige afwezigheid of alom afwezige aanwezigheid, het is om het even. Het is allebei onverdraaglijk. 'Ik mis God. Ik vind het zo jammer dat Hij niet bestaat,' zegt Hans. 'Ik ben kwaad op God omdat Hij niet bestaat.'

De mis wordt afgesloten met het zesde couplet van het Wilhelmus. Als de kist de kerk uit wordt gedragen beginnen de aanwezigen te applaudisseren. De cadans van het applaus drukt droevige liefde uit, de bewondering voor een geleid leven, voor een beminnelijk karakter. In tegenstelling tot wat ik in veel commentaren las na de begrafenissen van onder meer prinses Diana en Pim Fortuyn, heb ik het applaudisseren van het publiek nooit ordinair of respectloos gevonden. Het is einde voorstelling.

Voordat we Doll gaan begraven, wordt in de Kerk der Friezen koffie geserveerd. Ik sta met Lily Rademakers op een binnenplaats te praten, als een man op me toe komt. 'Ik wil u graag even de hand schudden, ik ben een bewonderaar.' Hij maakt op het eerste oog een normale indruk. Dan vertelt hij dat hij weet wat mijn naam betekent. Op een dag is een code tot hem gekomen, zo zegt hij dat. En dat het te ver zou voeren daar nu over uit te weiden, maar het was wonderlijk. Dankzij die code weet hij wat mijn naam betekent: *partnership*. 'Kreeg u die code in het Engels?' vraagt Lily met de ironie die haar zo kenmerkt. Zonder in te gaan op haar vraag, vertelt hij dat hij gefascineerd is door getallen, namen en de verborgen betekenis die ze hebben. Hij heeft een boek geschreven onder het pseudoniem Number Six. *The Natural Theory of Dealism 21. Quest for a Better Understanding between Humanity and Nature*. 'Partnership. Klopt toch, of niet?' vraagt hij. Dat ik alleen maar daarvoor leef, zeg ik, om intiem met iemand te kunnen zijn.

'Beetje een gek,' zegt Lily zodra nummer zes zich bij andere bezoekers heeft gevoegd.

'Wel een lieve gek,' zeg ik.

Ik vertel haar niet dat ik al een paar maanden overal de 11 zie opduiken.

Op de begraafplaats in Rome zit een jonge vrouw gehurkt bij een vers graf. Er staat een provisorisch gedenkteken op, een houten kruis met een foto van een mannengezicht. Ze staart ernaar. Ze kijkt op noch om als we Doll naar het gat in de grond brengen, ze haalt haar ogen niet weg van haar gekruisigde man. We staan rondom de open aarde, onder een verschroeiende zon, tussen talloze lelijke boeketten. Alessandro en Lorenzo, de zonen van Doll en Mario, gooien de eerste scheppen zand op de kist. Ik hou er niet van om dat te doen, om dat doffe geluid te veroorzaken. Lily Rademakers ziet me aarzelen, snapt het, en ze geeft me een witte roos. Het ontroert me. Gekend worden, erkend worden, geloofd worden, daaraan denk ik als ik de roos van Lily krijg en hem op de kist van Doll werp. Hoe goed Doll haar broer kende, hoe ik me gekend voelde door Doll, door Hans.

Dat gekend worden de bron is van geluk.

Dat alles daarom draait.

'Ik geloof dat we in laatste instantie doodgaan van verdriet over de wereld en over het feit dat we niet worden geloofd. Het is de onderkenning van je echte waarheid, van de waarheid van je echte leven, die zo levenschenkend is,' schrijft Harold Brodkey in *Het verhaal van mijn dood* (1996).

De zonen van Doll zijn blij dat ik op de Herengracht blijf wonen. Niet alles verdwijnt. Ik begin het beter te begrijpen dat Hans me aan zijn familie wilde binden. Van je eigen familie houd je met angst en pijn. Je verdraagt het niet dat ze lijden. Het zijn degenen die je het beste denkt te kennen maar van wie je het minste weet, en zelfs wilt weten. Bij de eerste en bij deze dood waren het de broers die ik het beste om me heen verdroeg, ook al wist ik dat ze dubbel leden, om de dood van hun schoonbroer, en om mij, hun zus.

Na zijn begrafenis blijft Doll nog een week bij me op de gracht. Zoals toen hij nog leefde en ze elk jaar wel een of meerdere weken bij ons logeerde, zit ze na zijn dood in haar nachtpon op de rand van ons bed. Tussen ons in staat een dienblad. Ze heeft koffie voor me gezet, sinaasappels uitgeperst, een ei gekookt, boterhammen gesmeerd en in kleine blokjes gesneden, ze heeft hetzelfde ontbijt gemaakt dat hij elke dag voor me maakte. We spreken af de zomer samen door te brengen. 'Als je het goedvindt, ga ik dan de verhalen over jullie jeugd eens opschrijven,' zeg ik tegen haar, 'hoe hij was, hoe je van hem hield. Dat je elke zondag een keer extra een heilige mis bijwoonde om tegenover God zijn afvalligheid goed te maken.'

Châteauneuf

17 juli 2010

Urenlang kijk ik naar foto's van hem die ik op internet vind. Vandaag beland ik via allerhande links bij een reportage van 17 maart 2010, de dag waarop we hem gezamenlijk uit zijn huis dragen om de kist naar de Rode Hoed te brengen. Ik schrik ervan. Het lijkt wel een film. Marieke met haar pruik, Stanja met Hugo op de arm, Alessandro, Doll die haar arm om me heen geslagen houdt. We zijn even groot, we schelen veertien jaar maar onze gezichten zijn in dezelfde mate verwoest. Vanuit Frankrijk stuur ik een mail naar de fotograaf of fotografe, dat wordt niet duidelijk uit de naam: Reni van Maaren. Ik wil die reportage hebben. Foto's van mij zijn ook van mij. Het vervult me met een huilerige dankbaarheid als ik per omgaande een antwoord ontvang en de assistente van de fotograaf/fotografe me via een inlogcode toegang tot de reportage verschaft.

In de namiddag mail ik Marleen de foto door waarop Doll en ik verstrengeld kijken naar het uit huis dragen van de kist. Ze reageert verontwaardigd, hoe morsig het van die fotografen is om iemand bij zo'n private gebeurtenis te betrappen, het gebrek aan discretie en fatsoen. Ik laat haar weten dat ik blij ben met het bestaan van die foto's. Het zijn de laatste die ik ooit van Doll en mij samen te zien zal krijgen.

18 juli 2010

Nu ik eenmaal die paparazzi heb ontdekt, ga ik ook naar de site van Peter Smulders. Ik tref ons aan in een archief dat teruggaat tot 1999. Wonderlijk dat een roddelbladfotograaf ons leven heeft gedocumenteerd. Premières in Carré, in Tuschinski, de begrafenissen van prinses Juliana, van prins Claus, van prins Bernhard, de huwelijken van de koninklijke hoogheden, de verjaardagen van koningin Beatrix, een bezoek aan de Efteling met Noor en Pien, en een paar keer het Boekenbal, in 2003 en in 2008 op 11 maart.

De dubbelzinnige verstrengeling van het goede en het kwade raakt me. Bewaard door de roddelfotografie. De paparazzo verlengt de herinnering aan mijn geschiedenis. Het is het thema van Judas, het is de essentie van literatuur, het is de goedheid van het verraad, het verraad als noodzakelijke voorwaarde voor het kennen, voor de openbaring. En kennen is liefde. God kon niet zonder Lucifer, Christus niet zonder Judas. Ze waren hen het meest nabij. Het passieverhaal is een verhaal over hoe het verraad en de dood de noodzakelijke voorwaarden zijn voor de transfiguratie van mens in God. Je moet het oude doodmaken om beter te kunnen worden. 'Transformeren, dat is het sleutelwoord van de kunst,' schrijft Witold Gombrowicz in zijn dagboek. Aan Peter Smulders stuur ik hetzelfde verzoek als gisteren aan Reni van Maaren. Geen antwoord. Geen toegang tot ons.

Lucifer en Judas, dat ben ik, dat is iemand die zo in iemand anders haakt dat alleen verraad, moord, de dood er een einde aan kan maken. Zoals ik behept ben met dat liefdesverlangen, zo ben ik behept met het altijd sluimerend verlangen naar de breuk, naar de vernietiging.

'Het is alsof je eraan dood wil gaan,' zegt Tas op een dag over die liefde.

'Nee, ik wil het niet,' zeg ik, 'maar ik ben er wel toe bereid.'

Darwinistische en neurobiologische verklaringen van de liefde en andere menselijke aandoeningen zijn me te voorspelbaar en te armzalig. Ze komen altijd op hetzelfde neer, op verbetering en overleving van de soort. De verspilling en destructie die de kunst aankleeft, is er niet mee verklaard, noch de liefde die niet de instandhouding van het genetische materiaal nastreeft, maar het tegendeel ervan, in iemand opgaan, er zijn door te verdwijnen.

Literatuur lezen wringt nog steeds, ook als een roman over de dood gaat. Het wringt om precies de reden waarom Chaja Polak in haar roman *Wachten op de schemering* (2007) wel de moeder een fictionele naam kan geven, haar Hanna doopt, maar het haar niet lukt om van haar dode zoon een personage te maken door hem een andere naam te geven. De zoon wordt 'de zoon' genoemd. Al was de verandering net zo miniem als de vertaling van Chaja in Hanna, hem Mischa, Aaron of Gideon noemen zou voor haar voelen alsof ze hem verraadde, hem na zijn dood nog eens eigenhandig doodde. Toch berust dat gehussel met namen op een misvatting over het wezen van de roman. Je bent er niet door van Jan een vrouw te maken en van de wodka die hij dronk een advocaatje met slagroom. Daar wordt het nog geen roman van.

In *Contrapunt* (2008) ontkomt Anna Enquist aan dit verraad van het personage door te schrijven over de vrouw, het kind, de dochter. Alles wat *Contrapunt* tot een roman maakt, de kunstige vervlechting met de *Goldbergvariaties* van Bach, sla ik over. Het romaneske verveelt me. Ik zoek alleen wat ik herken, de pijn, de zinnelijkheid van het verdriet.

19 juli 2010

In de vroege ochtend haal ik in de voorafgaande pagina's de verleden tijd van de herinneringen weg en zet ze om in de tegenwoordige tijd.

'Je kunt ons samen op een strijkplank leggen,' stelde hij een gastvrouw gerust als zij haar bezorgdheid uit over het smalle logeerbed.

'Je kunt ons samen op een strijkplank leggen,' stelt hij een gastvrouw gerust als zij haar bezorgdheid uit over het smalle logeerbed.

Mijn grommige kind, mijn knaagdiertje, zei hij.

Mijn grommige kind, mijn knaagdiertje, zegt hij.

Nu het er zo staat blijft hij het tegen me zeggen, mijn grommige kind, mijn knaagdiertje. Tegenover het *altijd* van de dood staat het *altijd* van de literatuur. Naast het genot van de literaire ingreep onderga ik de trieste euforie van een zege. Hij blijft, ik blijf, het blijft. Door de verleden tijd te veranderen in de tegenwoordige, onttrek ik ons aan de vraatzucht van de dood, geef ik ons het eeuwige heden, zoiets kan. De macht van de dood, van zijn *voorgoed voorbij*, moet buigen voor de macht van de taal, voor het *voor altijd* dat de literatuur kan scheppen.

Ik begin langzamerhand meer van dit schrijven te genieten, het bezorgt me op z'n minst de herinnering aan een ooit gekend geluk. Vooralsnog martelen de dagen me met hun gestage, onomkeerbare duur, met hun voortschrijdende minuten en uren, met hun tirannieke chronologie, maar ik heb het log in handen. De frauduleuze tijdsduur van de literatuur is van mij. Ik begin weer iets te willen. Ik wil de macht van het bedrog terug.

20 juli 2010

Vijftien jaar geleden werd mijn tweede roman meegezogen in de amnesie van het verdriet, nu moet ik *Het geluk van de eenzaamheid* (2009) herlezen om te weten wat ik over de kunst van de roman dacht, om te achterhalen of ik dat nog steeds denk, of dat de dood me heeft veranderd en ik het onzin ben gaan vinden. Ik wil ook bij mezelf lezen waarom dit logboek volgens mijn eigen criteria geen literatuur is, om te zien wat ik mezelf verbied.

Het lezen van het essay maakt de wolven wakker, ze huilen vanaf het moment dat ik het boek opensla. Hij duikt op bij elke alinea, vorig jaar nog maar, de zomer in Frankrijk, levend en gelukkig, zich er niet van bewust dat dit de laatste zomer in zijn leven is, dat hij het huis in Châteauneuf nooit meer terugziet, nooit meer door de Provence reist, nooit meer geniet van de pin parasol, de chène vert of de bougainville. Hij leest de eerste bladzijden van het boek buiten in de zon, hij kan dat, hij verdraagt het felle licht zonder zijn ogen tot spleten te knijpen. Zijn bovenlichaam is ontbloot, er parelen minuscule zweetdruppels tussen zijn borsthaar. Hij kijkt op. Hij zegt: 'Geen wonder dat je bang bent, lieverd, je gooit toch je sleutelbos op tafel.'

Het is de ontzagwekkende feitelijkheid van de dood die voortdurend verbijstert, die de werkelijkheid onwerkelijk maakt. 'De niet-werkelijkheid als een nachtmerrie,' noemt C.S. Lewis het. Je weet dat je iemand nooit meer zult zien, maar het definitieve van het nooit meer is te absoluut voor de verbeelding. Het voldongen feit is de doodsteek voor de illusie. De verbeelding bestaat bij gratie van het onvolmaakte, het onaffe, het onbekende, en daardoor van het mogelijke. De verbeelding teert op de kans. Daarom blijft ze hangen in ongeloof om het kansloze feit. De onbevattelijke realiteit van de dood weert me uit het domein van de roman. Er valt niks te verzinnen, er valt niks van te maken, geen zin. Wanneer ik lees dat ik schreef dat het de zin van de kunst is om de kunst van de zin te ontdekken, weet ik weer waarom ik daar niets van terechtbreng.

21 juli 2010

In de voormiddag reizen we voor de tweede keer in deze zomer naar Avignon om er 's avonds naar *Schutz vor der Zukunft* van Christoph Marthaler te gaan kijken. Voordat ik vertrek bel ik met Marie. Willem, de man die na de scheiding van Herman haar nieuwe geliefde werd, heeft haar vanochtend naar het ziekenhuis gebracht. Morgen worden haar beide borsten geamputeerd en tijdens dezelfde operatie hersteld. 'Niet schrikken als je me terugziet,' zegt ze, 'ik heb voor een maatje Pamela Anderson gekozen.' Tijdens de rit naar Avignon ben ik misselijk. Ik probeer me geen plastische voorstelling te maken van wat Marie moet doorstaan, maar het lukt me niet om dat niet te doen.

'Ik moet er niet aan denken dat Marie doodgaat,' zegt Hans.

'En daarom denk je er elke dag aan,' zeg ik.

23 juli 2010

Willem Breuker is dood. Olga Zuiderhoek belt me in de ochtend. Hij is in de nacht gestorven, rustig, in het vertrouwen dat Olga en de verpleegster hem zouden helpen bij het sterven. 'Voorbij, voorbij,' had hij gezegd. We kennen hem allemaal al jaren, Gerard, Heleen, Reinbert en ik. We zitten verslagen bij elkaar, zeggen lange tijd niets, staren voor ons uit, huilen wat. Pas dan komen de verhalen, de anekdotes, de herinneringen. De verleden tijd zit er onmiddellijk goed in. Willem *was*. Willem *had*. Willem *deed*. Willem *speelde*.

Het is vervreemdend te bedenken dat ik nu onderdeel uitmaak van de vrienden van een gestorven vriend, en dat anderen zich zo hebben gevoeld toen Hans doodging, dat ze zo hebben gepraat, en dat de pijn om een vriend schandelijk minder hels is dan die om je man, om je minnaar. En zouden zij ook hebben gedaan wat wij nu doen, proberen het karakter van Willem te omschrijven, greep te krijgen op de persoonlijkheid die hij was? En doen we dat om ons te vergewissen van dat unieke en eenmalige van iemand, van dat wat opeens weg is en nooit meer in die vorm terugkomt?

Tot twee keer toe kregen we in Frankrijk het bericht van een roemrijke dood. Op 11 juli 2001 dat van Herman Brood en vorig jaar, op 25 juni, dat van Michael Jackson. Als op het NOS *Journaal* bekend wordt gemaakt dat Herman Brood zelfmoord pleegde door van het dak van het Hilton af te springen, logeert Doll bij ons in Frankrijk. Hans heeft niet in de gaten hoe ontredderd ik ben door de dood van Brood en daarom doet Doll wat ze graag doet: ze spreidt haar alertheid en empathie tentoon door haar broer te wijzen op iets wat hem ontgaat. 'Je moet je even om Connie bekommeren, Hans,' zegt ze. Hij staat ervan te kijken hoezeer ik van streek ben. Hij omhelst me, hij houdt me vast. 'Sorry, lieverd,' zegt hij, 'ik wist niet dat het je zo aangreep.' Hij zegt niet wat hij jaren later zegt bij de dood van Michael Jackson: 'Iedereen weet dat hij dood is, behalve Michael Jackson zelf.'

Waarom ben ik er zo door van slag en heb ik zo met Herman Brood en met Michael Jackson te doen? Omdat ik die zelfdestructie herken? Omdat ik meen te weten dat elke verslaving te maken heeft met een verlegen, schaamtevolle aard? En dat de verslaafde zichzelf wegmaakt omdat hij anders te veel lijdt? In *A Widow's Story* (2011), de memoires die Joyce Carol Oates schrijft na de dood van haar man Raymond Smith, wordt de gedachte aan zelfmoord steeds nijpender. Ze beproeft het als filosofisch concept, als reële overweging, als ontsnapping aan het lijden. Daardoor krijgt ze opeens oog voor wat haar in de rouw met de verslaafden verbindt: ze lijden net als zij. 'The walking wounded who surround us.' Geobsedeerd door het denken over zelfmoord, ontdekt ze wat een verslaving is: zelfmedicatie, zelfuitwissing.

23 juli 2011

Na de berichtgeving over de massamoord in Noorwegen, waar een 32-jarige rechts-extremist met sympathieën voor Geert Wilders, 63 jongeren doodschiet, zegt de nieuwslezer van het NOS *Journaal* dat zonet bekend is geworden dat Amy Winehouse dood gevonden is in haar flat in Londen. 'Rehab' zit in het muziekbestand op mijn mobiele telefoon. In de dagen na haar dood beluister ik het elke avond voordat ik ga slapen.

25 juli 2010

Sommige mensen zijn goed met bibberige honden, schichtige paarden, schuwe katten. Ik ben goed met bange mannen. Veel banger dan ik zelf ben kunnen ze niet zijn. Dacht ik.

Amsterdam

28 juli 2010

Vanaf Schiphol neem ik een taxi naar het Antoni van Leeuwenhoekziekenhuis om Marie op te zoeken, daarna neem ik een taxi om naar de Tweede Oosterparkstraat te rijden, naar Olga.

Op 30 juli hebben we Willem begraven, niet met toeters en bellen zoals je bij hem zou verwachten, maar met wat opnames van Willem op een tv-scherm en een schraal geluid uit te kleine boxen. Olga heeft geen gehoor gegeven aan zijn wens in stilte begraven te worden en zijn dood pas publiek te maken als hij onder de grond ligt, maar wel aan zijn afkeer van levende muziek op zijn begrafenis.

Olga laat een fragment zien waarin Willem door Ischa wordt geïnterviewd. Ze keten. Ischa zingt Bertolt Brechts 'Das Lied von der Unzulänglichkeit des menschlichen Strebens', het lied dat zijn moeder vaak zong. Willem begeleidt hem op de saxofoon.

> Denn für dieses Leben
> ist der Mensch nicht schlau genug
> niemals merkt er eben
> allen Lug und Trug.

Niet het zien van mijn vorige dode doet me pijn, maar ik heb opeens een dode te veel op mijn schoot. Behalve door schaamte, word ik bevangen door een knarsend medelijden met de man om wie ik nu treur en die de rivaliteit wordt aangedaan door beelden van mijn andere man.

De terugkeer in de stad ontregelt me. Na twee dagen ben ik bekaf. Ik ben weer panisch voor de avond en ik drink te veel.

Op de dag van mijn terugkeer naar Frankrijk heb ik het bed niet eens gehaald. Ik heb de avond tevoren met Marleen in een restaurant op de Leliegracht gegeten en veel gedronken. Rond zevenen ontwaak ik op de bank in de kleren van de dag. Als ik opsta kermt mijn rechterdij en als ik even later een borstel door mijn haar haal, schuurt hij over een pijnlijke bult. Een uur later zit ik in de kleren waarin ik ontwaakte in een taxi naar Schiphol. Lorenzo logeerde het weekend bij me, hij moet me vannacht zo hebben aangetroffen toen hij het huis binnenkwam. Verheffend is het allemaal niet, maar het laat me koud. Het enige wat me bij vlagen verontrust is de omvang van mijn onverschilligheid.

Als Reinbert me afhaalt van de luchthaven van Nice en we terugrijden naar zijn huis zegt hij dat een begrafenis voor de overlevenden is en dat die alleen geslaagd is als je haar nooit vergeet. 'Ik weet zeker dat Hans bij zijn eigen herdenkingsdienst had willen zijn en dat hij van elke minuut had genoten,' zegt hij.

Châteauneuf

3 augustus 2010

Vanochtend dacht ik eraan hoe bezorgd hij was over mijn onbesuisdheid. ‘Connie heeft zo’n afkeer van iemand die macht over haar heeft dat ze eigenhandig haar ruiten ingooit om maar niet te hoeven buigen voor die macht,’ zegt hij tijdens een diner tegen een van onze gasten. ‘Ze jaagt ze bij voorbaat tegen zich in het harnas om te laten zien dat elke vorm van paaierig opportunisme en hypocrisie haar vreemd is.’

Aan de telefoon heldert Marleen de oorzaak van de kneuzingen op. Ze vertelt dat ik in het restaurant naast mijn stoel ben gaan zitten, op de grond viel en door haar op de been geholpen ben. Ik schaam me eerder voor het vergeten dan voor de val. Ze zegt het griezelig te vinden, zo’n klein lichaam, zo veel drank en sigaretten, zo vaak vallen. Het is ook griezelig, geef ik toe, maar het laat me onverschillig, dat vind ik eng. Dan zegt ze dat het mijn zwaarmoedigheid is die me onverschillig maakt. Ik vind het zo onverwacht, dat woord voor mij, ik ben haar er de rest van de dag dankbaar voor.

4 augustus 2010

De afgelopen dagen herlas ik *Een zachte dood* (1965) van Simone de Beauvoir. In een handschrift waar het pubervet nog aan zit, staat op het schutblad mijn naam en daaronder de datum: 2 augustus 1976. Dat valt me nu pas op. Het is hetzelfde, bijna griezelige toeval als bij de dood van Hugo Claus. Op 19 maart 2008, de dag waarop hij een afspraak heeft met de dood, zitten Hans en ik bij elkaar op de Prinsengracht te wachten tot het voorbij is. Ik pak *Het verdriet van België* (1983) uit de boekenkast. 'Om iets van hem vast te kunnen houden terwijl we aan hem denken,' zeg ik tegen Hans. 'Het ziet er eerder uit alsof het boek jou moet vasthouden,' zegt hij. Hij wil het even inzien en slaat het op. 'Kom eens kijken,' zegt hij, 'niet schrikken.' Het schutblad van mijn exemplaar is precies vijfentwintig jaar geleden, op 19 maart 1983, door Hugo gesigneerd. In het in memoriam dat ik voor Hugo schrijf, gebruik ik dit mulischiaanse toeval van de elkaar omhelzende data, net als het opduiken van 'Un jour tu verras', waarvan zijn vrouw Veerle me later vertelt dat ze het zachtjes voor hem zong bij het sterven.

> Nu, achteraf, verbaast het me niet dat ik op de dag van je sterven, droef graaiend naar je stem, je grote roman opensla en in jouw zwierige handschrift de datum van je dood geschreven zie staan: *Hugo Claus. 19.3.1983*. Precies vijfentwintig jaar geleden dus zat je daar, aan een tafeltje in boekhandel Athenaeum, woest aantrekkelijk en gewapend met een ijzeren beminnelijkheid. Om je heen en achter je hadden zich vrienden verzameld, die dicht bij je wilden zijn terwijl jij dienstbaar je handtekening zette en als een hoer in oorlogstijd een onafzienbare rij hunkerende mannen en vrouwen afwerkte.

Nu, achteraf, is het niemand eerder gelukt de oude hond van de rouw zo ruw wakker te schudden als jij, een hond die altijd aan mijn broekspijp hangt, maar die ik zo kunstig koest kan houden. Vreemd is het niet, maar achteraf werd het nog begrijpelijker toen Veerle me vertelde met welk lied ze je de dood in wiegde, het lied dat jou een zeldzame keer tot tranen had geroerd en dat je toen als een slag onder de gordel betitelde, het lied dat Ischa en Hans verbindt, de enige mannen die het van voor naar achteren voor me zongen. Nu, achteraf, op de dag van het gevierde afscheid, zongen ze het voor jou en Veerle, klonk de stem van de ene geliefde dode, boven de kist van de andere geliefde dode en de levende liefde kneep stil zingend mijn hand fijn.

In *Een zachte dood* beschrijft De Beauvoir het sterfbed van haar moeder en schildert tegelijkertijd het portret van een vrouw die zich voor anderen opofferde, voor haar man en haar twee dochters, die zichzelf in haar toegewijdheid verloochende en door die zelfverloochening kwaadaardig werd.

Maar niemand kan ooit zeggen 'Ik offer me op', zonder een bepaalde bitterheid te voelen. Een van de tegenstrijdigheden in mijn moeder was dat ze de toewijding als een grote deugd beschouwde, maar dat haar neigingen, afkeer en begeerten zo overheersend waren, dat ze toch een hekel had aan dat waaraan zij zich wijdde. Voortdurend kwam ze in opstand tegen de plichten en ontberingen die zij zichzelf oplegde.

Ze beschrijft het slag vrouwen waarmee ik groot werd en waarbij ik niet wilde gaan horen. Al die weggemaakte karakters, uitgewist in de zorg voor anderen, in de nijverheid van de huishoudens in de jaren vijftig. 'Een vrouwenhand en een paardentand staan nooit stil,' zegt mijn moeder 's avonds als ze, na een dag werken en zorgen, gaat zitten en onmiddellijk een breiwerk oppakt. Het zijn niet alleen de moeders, het zijn ook mijn generatiegenoten die dezelfde koers lijken te gaan varen als hun moeders. Op de lagere school zit ik in een kleine klas, met elf meisjes. Mijn verlangen naar vriendschap ten spijt, ik hoor bij niemand. Ik weet niet wat me van hen onderscheidt, en ik ben er al helemaal niet trots op dat het zo is, ik weet alleen dat ik niets wil van wat zij willen. Ik wil weg, al kan ik niet uitleggen waarvan en van wie ik weg wil. Als ik in 1978 het dorp verlaat om in Amsterdam te gaan wonen, zijn negen van de tien meisjes van mijn klas getrouwd, moeder en huisvrouw. Ze hebben een huis en een tuin dicht in de buurt van ons geboortedorp.

's Nachts droom ik dat ik bestolen ben, voor de zoveelste keer. Net als vier jaar geleden, toen ik in Frankrijk daadwerkelijk beroofd ben door een insluiper, bevindt zich in de gestolen tas mijn aantekenboekje, dit keer een dat vol is met zijn zinnen. Het zweet breekt me uit, ik ben radeloos om dit verlies, maar ik word tijdens het dromen in golven gerustgesteld door de gedachte dat ik een nachtmerrie heb, dat ik dadelijk wakker word, en dat dan alles nog precies zo is zoals het was, en dat ik van niets en niemand ben beroofd.

6 augustus 2010

In een mail laat Olga me weten dat ik na de begrafenis van Willem te veel heb gedronken, dat ik heb gehuild, om de nek van mensen hing, lalde, vileine opmerkingen maakte, mijn zin doordreef, en haar daardoor uit haar eigen verdriet heb verjaagd. De schaamte beneemt me de adem. De foto waarop hij me nu al weken vol vertrouwen toelacht pak ik van het nachtkastje en leg hem omgekeerd onder het kussen naast me. 'Moenie kyk nie,' zeg ik.

Gerard en Heleen proberen me uit de neerslachtigheid en zelfverachting te trekken door me mee te nemen naar de Briconautes. Heleen verdraagt het niet dat ik van mezelf walg. Met de lichte verlegenheid die haar altijd bevangt als ze het woord neemt en de aandacht op zichzelf vestigt, zegt ze dat ik het goed meende, onmiddellijk voor Olga naar Amsterdam terugvloog, en al na een dag te horen kreeg dat ik niets voor haar kon betekenen. 'Ik hoorde je aan telefoon tegen Olga zeggen dat je haar ging helpen. Toen dacht ik: dat kun je nog niet, je bent zelf nog zo.'

Ze zegt niet wat.

7 augustus 2010

Het gebeurt bij het lezen van de laatste pagina's van *Patrimonium. Een waar verhaal* (1991), het boek van Philip Roth over de aftakeling en dood van zijn vader Herman Roth.

> Ik zag het allemaal, allemaal, en toch moest ik daar nog een hele tijd zitten voordat ik me zo dicht mogelijk naar

hem toe boog en het eindelijk over mijn hart kon verkrijgen om met mijn lippen tegen zijn ingevallen, verwoeste gezicht te fluisteren: 'Pap, ik moet je loslaten.' Hij was al enkele uren bewusteloos en kon me niet verstaan, maar ik zei het hem telkens en telkens weer, geschokt, verbijsterd en huilend, net zolang tot ik het zelf geloofde.

'Pap, ik moet je loslaten.' Eén zin is genoeg om de sluier in flarden te scheuren en me midden in de slotscène te doen belanden, ik moet ernaar kijken, hem herhalen, van het begin tot het einde, en weer terug en weer opnieuw. Eniemand die ik ooit was staat aan zijn bed, en zegt: 'Lieverd, ik moet je laten gaan.'

Voor de tweede keer in die zesenhalve week ligt hij op intensive care, opnieuw aan de beademing. Vroeg in de ochtend van de 11de maart kom ik zijn kamer binnen. Rondom zijn bed staat een groepje jonge artsen. Ik heb hen nooit eerder gezien. Ze kijken me verstoord aan. Voor twaalven wordt er geen bezoek toegelaten op de ic. Het is kwart over acht. Ik heb zesenhalve week geen spoor van gramschap gevoeld, maar van het ene op het andere moment ben ik ziedend op dat roedel jonge honden, op hun ongeschondenheid, hun jeugd, hun onbeschreven, poezelig gladde gezichten. Ik vraag wat ze in godsnaam doen bij het bed van mijn man. Zonder zich aan me voor te stellen zegt een van hen dat ze nog een onderzoek willen doen, naar de hartklep, om er zeker van te zijn dat zich daar geen bacterie op heeft vastgezet. Ik vraag hem hoe dat onderzoek in zijn werk gaat. Hij legt uit dat ze via de slokdarm met een cameraatje de hartklep kunnen bekijken. Is het gevaarlijk? Is het pijnlijk? Er zijn altijd risico's aan verbonden en aangenaam is het nooit. Net als zijn oorgangen, zijn hersenen, zijn hart, ken ik die slokdarm, ik ben erin geweest en heb hem bekeken, jaren geleden bij een onderzoek. 'Meneer probeerde ons iets duidelijk te maken,' zegt een van de artsen, 'maar we konden hem niet verstaan, misschien begrijpt u hem.' Even denk ik nog dat hij ze wilde vertellen dat er in zijn slokdarm een kleine uitstulping zit, een nisje, en ik hoor me dat nog tegen die dokters zeggen ook, dat er een nisje in zijn slokdarm zit, en op zijn borstkas wijs ik de plek aan, hier ongeveer zit het, in de linkerwand van zijn slokdarm, ter hoogte van het kuiltje in zijn borst, daar moeten jullie oppassen met dat cameraatje, het kan zomaar blijven steken. Maar terwijl ik het zeg, terwijl mijn vinger in zijn borsthaar verdwijnt en ik die plek aanwijs, kom ik bij zinnen. Waar ben ik in vredesnaam mee bezig?

En ik zeg.

Nee.

Ik zeg nee.

Ongelooflijk dat ik het ben, het is eerder *iets* wat nee zegt, nee, nee, nee, en nog eens nee. Genoeg. Stoppen. Niet doen. Geen onderzoeken meer. Weg. Van hem afblijven. Het is genoeg geweest. Dat wil hij zeggen. Het is over. Het gaat niet meer. Het is voorbij.

Pas als dr. Oudemans, een zachtaardige intensiviste, haar hand op mijn arm legt en ik mijn gezicht naar haar toe draai, begrijp ik uit haar blik dat het kletsnat is. Ze gebaart de artsen gehoor te geven aan mijn verzoek en te stoppen. Met gedempte stem stelt ze voor in de familiekamer met elkaar te gaan praten. Het is onbegrijpelijk dat dit aan het gebeuren is, het bloed in mijn benen is van het ene op het andere moment veranderd in lood, ik kan nauwelijks vooruitkomen. Dat lichaam, dat een paar seconden geleden begonnen is zich van me af te zonderen, loopt naast de dokter de kamer uit, verlaat door de automatische klapdeuren de ic, zit tegenover haar in de kleurige familiekamer. In de gespletenheid die met het *nee* begint, blijf ik bij hem achter, aan zijn bed, en kijk onafgebroken naar hem. Tegenover de meedogende dokter zit iemand die huilend besluit dat het op is, voorbij, die zegt dat hij nu te veel lijdt, dat ze hem met rust moeten laten, opdonderen, niet langer kwellen, genoeg, stoppen. 'Ik ben het met u eens,' zegt ze. 'Hij heeft het voor u nog heel lang volgehouden, maar nu hij heeft daarvoor de kracht niet meer.'

11 augustus 2010

Daar met schrijven gestopt. Het ging niet meer. In de tussenliggende dagen mijd ik het openen van het logboek, ik moet er even niet aan denken, aan herlezen, bewerken, schrijven, aan me dit alles herinneren. Vandaag is hij vijf maanden dood. De duur ervan komt me onwerkelijk voor. Ik kan me niet voorstellen dat ik ze uur voor uur heb meegemaakt.

17 augustus 2010

Vanavond vlieg ik terug naar Nederland. Nu ik hier de tijd heb terugveroverd op de dood, me hier dagelijks geborgen wist door de vriendschap van Reinbert, Gerard en Heleen, zie ik ertegenop om naar huis te gaan, om weer alleen te moeten leven. Sinds drie dagen kan ik nauwelijks lopen van de pijn in mijn rug. Elke dag neemt Gerard me met zijn stevige pianovingers onder handen en bespeelt mijn ruggengraat. 'Is dit een bot? O nee, een knoop.'

Voordat ik vertrek ruim ik onze slaapkamer op. De zomereditie van de NRC-boekenbijlage, waarin onder meer Jan Blokker wordt herdacht, ligt te wachten. Ik moet er nog iets mee. De in memoria voor Blokker heb ik gelezen, maar ik wil nog iets met het artikel waarmee de editie opent. Op de voorpagina staat in kapitaal: WEES KLAAR OM TE STERVEN. Het is de titel van een recensie waarin twee boeken worden besproken die allebei over dezelfde vraag gaan. 'Waarom zou iemand van 19 willen sterven voor iets abstracts als een missie in Irak?' De schrijver van de recensie, Jaus Müller, is in Uruzgan geweest en vroeg de soldaten naar hun motivatie: waarom waren ze hier? 'Het eerste antwoord luidde: omdat de generaal het wil.'

De vraag waar de besproken boeken om draaien is in een iets andere vorm de vraag die ik wilde beantwoorden in *Een kleine filosofie van de moord* (2004).

Aan het eerste essay van *Een kleine filosofie van de moord* begon ik nadat Pim Fortuyn op 6 mei 2002 werd vermoord. Acht dagen later moest ik op het PINC-congres een lezing geven. Ik dacht te zullen gaan praten over het werk van de romanschrijver, maar na de moord op Fortuyn kwam dat onderwerp me opeens onbeduidend voor. In de dagen die volgden op de moord schreef ik een andere lezing: 'Iets wat niet bloeden kan'. Wat me vooral fascineerde waren de overeenkomsten tussen de moordenaar en de vermoorde politicus. Vaderzoekers meende ik, mannen die zich in dienst wilden stellen van iets wat hen oversteeg en die daaraan hun identiteit ontleenden.

Amsterdam

18 augustus 2010

Het is de geboortedag van Hans. In de ochtend bezorgt Pompon het bloemstuk dat ik heb laten maken. Ik zet het in de achterbak van de auto en rij naar Zorgvlied, waar ik om halftwaalf met Marie, Noor en Pien heb afgesproken. Ik wacht hen op bij de poort van de begraafplaats. Marie koopt bij de bloemenstal wat plantjes, en dan staan we daar weer tussen de bomen wat naar de aarde te turen. Marie is zenuwachtig voor het gesprek dat ze vanmiddag met haar internist in het VU-ziekenhuis heeft. Hij zal met haar het pathologierapport van het AvL bespreken. Ze noemt hem de man bij wie het glas altijd halfleeg is, een aartspessimist, op wie ze desondanks gesteld is geraakt. 'Hij heeft dezelfde blik in zijn ogen als pap,' zegt ze, 'maar pap gaf me altijd hoop, en deze ogen proberen me steeds te waarschuwen daar niet al te veel van te hebben.'

's Avonds heb ik wat vrienden en familie uitgenodigd

voor een diner in zijn lievelingsrestaurant Toscanini. Het is nog warm buiten. Voor de deur wacht ik mijn gasten op. Marie komt met Willem rechtstreeks van het ziekenhuis naar de Lindengracht. Ze stapt uit de auto met een brede glimlach rond haar mond. 'Pap heeft me een geweldig verjaardagscadeau gegeven,' zegt ze wanneer ze me omhelst, 'mijn pessimistische internist was ronduit positief. Hij vond het verdwijnen van de tumor spectaculair.'

21 augustus 2010

Bij het selecteren van zijn bibliotheek – nog steeds op zoek naar elke streek van zijn pen, naar weggeborgen briefjes, aantekeningen, zijn hand – sla ik *La jolie Madame Seidenman* (1986) van Andrzej Szczypiorski open. Voorin staat in zijn handschrift: 'Van Prins Claus 6-4-1989'. Daaronder schrijft hij: 'Pag. 25 "Il n'y avait d'autre vie que les souvenirs".' Als ik pagina 25 opzoek heeft hij een passage uitgelicht door met kleine vierkante haakjes de eerste en de laatste zin te markeren. Het fragment is ingeklemd tussen 'Elle pensa soudain que la vie était uniquement ce qui était passé' en 'Rien n'existe hors de la mémoire'.

In de marges van de pagina's staan her en der met potlood de vertalingen neergeschreven van woorden die hij opzocht. *Bleek. Met grote passen lopen. Pruilen. Dreumes. Straatlantaarn. Gier. Borst.* En dat een *fillette délurée* bijdehand is, wist ik al. Ik wist alleen niet waar hij het vandaan had

'Misschien leef ik te veel in het verleden,' zegt hij verontschuldigend als we elkaar anderhalve week kennen en hij tranen in de ogen krijgt bij het horen van 'La Mer' van Charles Trenet.

'Ja, maar daar heb je ook zoveel van.'

'Wat komt dat er mooi meedogend uit,' zegt hij.

28 augustus 2010

Na lang aarzelen toch naar het jaarlijkse tuinfeest van Prometheus. Neeltje Min zegt: 'Het was eigenlijk een wonder dat jullie niet al tachtig jaar bij elkaar waren.' Ze zegt ook: 'Je wílt toch niet dat het ophoudt.'

Ze bedoelt dat verdriet.

29 augustus 2010

Harry Mulisch heeft een tumor in zijn hoofd. Inoperabel.

30 augustus 2010

Tussen de post bevindt zich een enveloppe met herdenkingsfoto's van Harrie Martens. Bij het kijken ernaar heb ik een begin van verdriet, maar het zet niet door. Het onbehouwen monster van de woede trapt het op de staart. Het staat er grimmig, wijdbeens en onverzettelijk sinds een uitzending van KRO *Profiel* op 12 maart 2008, waaraan Harrie zijn medewerking verleende. Dat hij dat deed vond ik passend en terecht. In tegenstelling tot de meeste andere deelnemers aan wat een biografische schets van een bepaalde periode in mijn leven moest zijn – een klasgenote van de basisschool die nooit een jeugdvriendin was, een van mijn efemere minnaars – hoorde hij erin thuis. Ik weet niet of dit mijn leven was geweest als Harrie Martens me niet van mijn zeventiende tot mijn tweeëntwintigste onder zijn vleugels had genomen. Op 6 mei 2006 ben ik met Hans naar Roermond gereisd om daar op verzoek van Harrie een tentoonstelling in zijn woonhuis te openen. We hebben elkaar dan meer dan tien jaar niet gezien. De eerste zinnen van mijn toespraak zijn: 'De leerling-meesterverhouding is een complexe verhouding. Ze loopt zelden goed af. Het ligt in de aard van de verhouding dat de leerling en de meester elkander niet krijgen en zij zelfs, in zekere zin, allebei moeten verdwijnen. Een goede meester zorgt ervoor dat de leerling ophoudt zijn leerling te zijn, en daarmee houdt de meester op de meester voor die leerling te zijn. Ze gaan hun eigen weg. De meester krijgt nieuwe leerlingen en als het goed is wordt de leerling ergens meesterlijk in, in het een of ander.'

De aflevering van KRO *Profiel* heet 'Tussen feit en fictie'. De maakster ervan onderneemt een zoektocht naar de waarheid achter mijn eerste twee romans. In haar pogingen me aan de telefoon duidelijk te maken wat ze met haar documentaire wil, was ze nerveus en kwam ze moeilijk uit haar woorden. Omdat het thema van mijn romans fictie en werkelijkheid was, wilde zij nu wel eens de werkelijkheid achter de fictie blootleggen. Zoiets. Ik zei tegen haar dat de weg van werkelijkheid naar literaire fictie altijd gerechtvaardigd is, maar de omgekeerde weg zelden of nooit. 'U zult op uw zoektocht naar de waarheid achter de romans alleen maar op andere ficties stuiten,' zei ik.

Dat ze al bezig was met deze zoektocht had ik bij toeval ontdekt. Na het Allerzielenbezoek aan het graf van mijn vader, in november 2007, sprak een kennis uit mijn jeugd me op de begraafplaats aan. Ze vertelde dat ze was gebeld door iemand van de televisie met vragen over mij, hoe ik vroeger was, en wat ze daar nu toch mee aan moest. 'Dat moet je zelf weten,' zei ik. Omdat ik in die periode begonnen was met mijn onderzoek naar Judas en naar de noodzaak van het verraad, stemde ik toe in een ontmoeting met de maakster van de uitzending. Ik vond het spannend.

Ze bezoekt me op de Prinsengracht. Bij haar binnenkomst gaat ze schuil achter een grote bos bloemen. Zodra ze die heeft overhandigd komt er een donker gezicht tevoorschijn waarin nieuwsgierigheid, vriendelijkheid en boosaardigheid om voorrang strijden. Of het komt omdat ik op dat moment zo met de judasfiguur bezig ben, of omdat ze sympathie in me oproept, kan ik niet meer onderscheiden, maar de verwikkeling van iemand die daarbuiten op zoek is naar de waarheid achter mijn fictie, van iemand die ernaar verlangt om mij te verraden, en mijn verlangen een anatomie van het verraad te schrijven, amuseert me. Ze reageert terughoudend op mijn vraag wie ze tot dan toe uit mijn verleden heeft opgediept, ze beschermt hen. Aarzelend noemt ze de klasgenote van de basisschool die geen jeugdvriendin was. Godallemachtig, daar is ze weer. Kan dat mens niet wegblijven uit mijn biografie? Ik noem de namen van de twee klasgenoten in wie ik in mijn jeugd wel vertrouwen stelde, Veronique en Hilly, maar ik zie aan de vrouw tegenover me dat het geen zin heeft. Ze heeft al een bondgenootschap met de geïnterviewden gesloten. Met het idee dat er echte mensen schuilgaan achter de personages in *De wetten* (1991) en in *De vriendschap* (1995), heeft ze met hen stilzwijgend een pact gesloten: wij geven de schrijver een koekje van eigen deeg, met mijn hulp kunt u ten overstaan van iedereen openbaren hoe het echt was, hoe zij echt was. Behalve de handlanger van het misdeelde personage, is ze erop uit om het beeld te bevestigen dat er van mij heerst, dat ik met iedereen breek zodra ze me niks meer te bieden hebben. Ik wens haar succes met het maken van de documentaire. 'Ik zal u geen strobreed in de weg leggen,' zeg ik.

Met uitzondering van mijn moeder, twee van mijn broers, en Harrie Martens, komen er alleen mensen aan het woord die ik als beminnelijke voorbijgangers in mijn leven heb beschouwd. Daarom is het vooral de bijdrage van Harrie die me onthutst. 'Ik heb nooit gevoeld dat zij zo aan me hing. We hadden een heel normale leerling-meesterverhouding,' hoor ik hem zeggen.

Een week na de uitzending schrijf ik hem een brief waarin ik hem vertel dat ik in mijn dagboeken op zoek ben gegaan naar de grote verschillen tussen zijn geheugen en het mijne. 'Ontkenning beschouw ik als een vorm van hoogverraad,' schrijf ik. 'Televisie is een onthullend medium en van mij heeft iedereen het recht er zoveel en zo vaak op te liegen als hem veilig dunkt. Ook zonder in detail te treden over onze vriendschap, had je de vriendschap niet hoeven te verloochenen.' Ik eindig de brief met: 'Mijn volgende roman heet *Judas*.'

Hoe vaak heb ik op het punt gestaan de dagboeken die ik in mijn jeugd schreef, te vernietigen? 'Wie dagboek zegt, zegt schaamte,' zei Louis Tas ooit tegen me. Nu vraag ik me af wat hij daarmee bedoelde. Houd je een dagboek bij uit schaamte of schaam je je voor de inhoud van de dagboeken die je bijhield? Of schaam je je ervoor dat je het schrijven nodig hebt om te kunnen leven? Als ik Hans zie schrijven in zijn dagboek ben ik daardoor aangedaan en tegelijkertijd voel ik me alleen. Ik ben aangedaan door de eenzaamheid die hem omgeeft als hij voorovergebogen boven zijn folioschrift de werkelijkheid probeert bij te benen. Hij zegt dat hij een dagboek bijhoudt om zich rekenschap te geven van de gebeurtenissen in zijn leven, om er consciëntieus mee om te kunnen gaan. Ik vind dat een verheven doel en dat zeg ik tegen hem. Maar ik zeg ook: 'Zolang je schrijft, leef je en praat je niet met me.'

Het gesprek met Louis Tas over het dagboek en de schaamte moet hebben plaatsgevonden rond de herdruk van zíjn dagboek in 2000. Onder het pseudoniem Loden Vogel publiceerde hij in 1946 het dagboek dat hij bijhield in het concentratiekamp Bergen-Belsen. Hij heeft de herdruk van commentaar voorzien. Hij vertelt dat de behoefte om kanttekeningen te plaatsen bij zijn dagboek deels voortkomt uit schaamte voor wat hij las.

'Ik meende toch echt dat ik de waarheid had opgeschreven,' zegt hij vol zelfspot.

'De waarheid en het schrijven gaan niet samen,' zeg ik.

'Nou, jij kan het weten,' zegt hij.

'Het is van een verrukkelijke arrogantie,' zeg ik tegen hem nadat ik het heb gelezen.

> Van mensen als ik is het zonde, maar voor driekwart van de rest hoeft men niet te veel tranen te laten, als we hier niet uitkomen. Zó weinig inzicht hebben ze in wat er werkelijk tragisch is in hun situatie, dat ze er geen recht meer op hebben, martelaars te heten (zo iemand ooit dat recht heeft natuurlijk, en martelaar is een idioot woord. Ze beleven het avontuur niet, of ze gaan als kakelende kippen dood, geeft het beter weer.) Ik heb geen zin in schrijven meer, zeker niet in beschrijven.

7 september 2010

Elke keer als ik het kantoor binnenging staarde zijn moeder me vanaf de vloer aan. Ik verdroeg het niet langer, de respectloos neergesmeten foto's op een wanordelijke stapel andere foto's. Het afgelopen weekend heb ik de tijd genomen om ze te ordenen en in mappen onder te brengen. Hem te zien door al die jaren, dat open lieve gezicht, heeft aan al mijn klieren staan trekken en maakte me weer dagenlang doodziek van verlangen.

10 september 2010

Vorige week heb ik besloten de pijn van de herinnering niet te mijden en toch naar het filmfestival in Vlissingen te gaan. Deze opzettelijke aanvaringen met mijn geheugen ben ik ramkoersen gaan noemen. De organisatie maakt van de late beslissing geen probleem en zorgt ervoor dat ik alsnog een kamer krijg in hotel Arion. De dagen in september die we daar verschillende jaren achter elkaar doorbrachten zijn gekleurd door zeewind, vrienden, vis en het geluk van geborgenheid dat het zitten in een donkere filmzaal met zich meebrengt. Met Frans Weisz en Regina van Gelderen maak ik de reis naar Zeeland. Regina vraagt me hoe het deze keer is, die rouw. 'Een staat van permanente paniek,' zeg ik.

In hotel Arion neem ik de lift omhoog, loop door de gang naar kamer 310, en ga het geluid binnen waarvan we hielden. De kamer buldert en giert van de wind. Vanaf het balkon kijk ik naar buiten, naar de Westerschelde. En daar loopt hij, in zijn badjas, ondersteund door een kruk. Naast hem, hem zorgzaam in de gaten houdend, lopen Ineke Houtman en Heleen van Royen. Ze steken de boulevard over om in de Westerschelde te gaan zwemmen. Voorzichtig, voetje voor voetje, met de twee vrouwen aan zijn zijde, stapt hij over de knobbelige stenen die hem scheiden van het water. Voordat hij het water in loopt draait hij zich om en speurt de gevel van het hotel af.

Ik sta hier!

Ik zwaai.

Hij zwaait lachend terug.

13 september 2010

Kitty Mulisch belt me als ik de laatste dag doorbreng op het filmfestival in Vlissingen. Nu Harry niet langer met de Herenclub in Le Garage kan eten, zullen de heren hem voortaan elke maandagavond, voorafgaand aan hun bijeenkomst, een uurtje bezoeken op de Leidsekade. 'Kun je dan ook komen?' vraagt ze. 'Dat wil Harry graag, en ik ook.'

14 september 2010

In Vlissingen rijdt om negen uur in de ochtend een auto met chauffeur voor. Hij brengt me linea recta naar Rotterdam, naar het voormalige Dijkzigtziekenhuis, dat tegenwoordig het Erasmusziekenhuis heet, waar ik om elf uur op afdeling 5 Noord een afspraak heb met dr. Metselaar. Hij was de behandelend geneesheer van Hans voor en na de levertransplantatie. Behalve een persoonlijke condoleancebrief, stuurde hij me namens het transplantatieteam een uitnodiging om, als ik daar behoefte aan had, te komen praten over de doodsoorzaak van mijn man.

Naar een aantal ziekenhuizen in het land kijk ik alsof het vertrouwde hotels zijn waar we soms wekenlang verbleven. Het Dijkzigt/Erasmus in Rotterdam is goed voor zes weken logies, het Bronovo in Den Haag voor twee, en het OLVG in Amsterdam voor negen weken. Hans zegt dat je een maatschappij het beste kunt leren kennen door de gevangenissen, de verzorgingstehuizen en de ziekenhuizen te bezoeken. Het ziekenhuis in Rotterdam is inmiddels zo ingrijpend vernieuwd dat ik de weg naar de liften moet zoeken. In de dagen na de transplantatie op 21 mei 2000, toen Hans op de ic lag en er nog een reëel gevaar voor afstoting bestond, sliep ik in een leegstaande, uitgewoonde zijvleugel die inmiddels is gerenoveerd. In de daaropvolgende weken verbleef ik in een nabijgelegen hotel of werd opgehaald door mijn broer Eric, die aan de Erasmus Universiteit geschiedenis had gestudeerd en in Rotterdam woonde en werkte. De avonden bij hem thuis, etend en pratend aan een tafel, waren de enige die me aan het normale leven herinnerden.

Ik schiet onmiddellijk vol als ik het vertrouwde gezicht van dr. Metselaar zie. We hebben hem niet kunnen redden, denk ik, hij niet met zijn kennis, ik niet met mijn liefde. 'Het was toch onverwacht,' zegt hij aangedaan, 'het is snel gegaan.' Hij vertelt hoe hij op de avond van de 11de maart ergens een lezing gaf. Zonder dat het publiek wist om wiens lever het ging, vertoonde hij dia's van de lever van meneer Van Mierlo, om het effect van het hepatitis C-virus op dat orgaan te laten zien. In de auto, op weg naar huis, had hij de radio aanstaan. Op het nieuws werd verkondigd dat Hans van Mierlo was overleden. 'De oud-staatsman, Hans van Mierlo,' herhaalt hij ontroerd. Hij heeft de auto even aan de kant van de weg gezet.

De medische staf van het OLVG heeft tijdens de opname van Hans voortdurend contact met hem onderhouden. In het OLVG is me al verteld wat een posttransplantatie-lymfoom is, maar ik laat het dr. Metselaar nog een keer uitleggen. Het is een kanker in de B-lymfocyten, de witte bloedcellen die antistoffen produceren. Het lymfoom ontstaat door het jarenlange gebruik van de immunosupressiva die Hans na de transplantatie moest gebruiken om afstoting van de nieuwe lever te voorkomen. Ik schrik als dr. Metselaar zegt dat het ook wel het non-hodgkinlymfoom wordt genoemd. Hij is gestorven aan de ziekte die zijn dochter heeft overwonnen.

Voordat ik afscheid van hem neem, zegt hij: 'Hij heeft het me verteld, van jullie huwelijk. In het grootste geheim. Hij was zo trots. En ik voelde me vereerd.'

15 september 2010

Marie voelt zich zieker en zwakker. We spreken af dat ik vanaf nu elke week minstens een dag voor haar en de kinderen kook, en als het moet, vaker. Als ze zich sterk genoeg voelt, eten we op de Herengracht. Als ze zich niet goed voelt, kom ik met een maaltijd naar de Michelangelostraat. Vandaag voelt ze zich te slecht om in de auto te stappen en naar me toe te komen. Ze is erg vermagerd. Thuis maak ik een bonenschotel met lamsvlees, en rij er om zes uur mee naar haar huis.

Met Marie heb ik het over haar slopende boosheid, en hoe ze eraf zou willen zijn, hoe die haar uitholt, hoe onaangenaam ze zich voelt als boze vrouw, dat ze het blijkbaar nodig heeft zich voortdurend tekortgedaan te voelen door haar geliefde. Hoe ze telkens dreigend haar koffers pakte, zei dat het nu voorbij was, over, uit, niks meer aan te doen, en dan bij hem vertrok. Opeens zie ik ons hetzelfde doen in onze beginjaren, bij elkaar weglopen in de nacht. 'Al die angst,' zeg ik tegen Marie. Ze zegt dat ze af en toe ook ineens boos is op haar vader. 'Hij was zo krenkbaar,' zegt ze, en dat ze hem daardoor te vaak haar kritiek bespaarde. 'Tussen mijn zestiende en mijn twintigste was ik eerder zijn vrouw dan zijn dochter. Maar dat ging alleen goed als ik hem adoreerde.' Ze zegt dat ze daarom vaak angstig, en ook wel jaloers werd als ik ruzie met hem maakte, dat ze dan dacht dat hij daar helemaal niet tegen kon en bij me weg zou gaan. 'Het was juist de enige manier om iets echts met hem te hebben, en om bij elkaar te kunnen blijven,' zeg ik.

DATE: September 16 2010 12:10
FROM: Susanne Dorn
SUBJECT: Anna

To my deep regret I have to tell you that Anna Keel has died on September 14. We are all very, very sorry. Her brain cancer was growing too fast... All the same, it was, is a shock.

The memorial will be held on Saturday, Oct. 2, 12 am at Fraumünster, Zurich.

You will of course receive the official mourning letter, but only in a few days.

The 'ad' was in *Neue Zürcher Zeitung* and *Tages-Anzeiger* (Zurich) on Saturday. I think you can find it online under www.tagesanzeiger.ch/todesanzeigen.

If you wish, you may call Daniel any time, or Jakob or Philipp.

Hope you are well?

Anna is de vrouw van mijn lievelingsuitgever Daniel Keel. Als hij in 1991 de rechten koopt van *De wetten* ben ik de eerste Nederlandse auteur die hij bij zijn uitgeverij Diogenes onderbrengt. Diogenes is meer dan een uitgeverij. Diogenes is een familie. Daniel en Anna leer ik kennen in 1992. Daniel heeft me uitgenodigd in Zürich kennis te komen maken met hem en met zijn compagnon Rudolf Bettschart, die op dezelfde dag als hij geboren is, met de vertegenwoordigers en met de andere medewerkers van de uitgeverij. Op een warme lentedag geef ik ten overstaan van Daniel en het voltallige team agenten uitleg over mijn eerste roman. Ze hebben het boek in drukproef gelezen, stellen vragen, maken opmerkingen, vergelijken het met andere romans. Voordat ik die avond met Ruth Geiger, die voor de pr verantwoordelijk is, ga eten, drink ik bij Daniel thuis een aperitief. Ik herinner me niet dat een man me ooit eerder met zo veel trots voorstelde aan zijn vrouw. Anna is hoogblond, beeldschoon en flamboyant als een filmster. Ze hoeft geen drie zinnen te zeggen om duidelijk te maken dat ze ook nog eens intelligent, scherpzinnig, geestig en aardig is. Ik ben onmiddellijk weg van Anna.

Na Ischa's dood zochten Daniel en Anna me op in Amsterdam en in de afgelopen achttien jaar at ik bij hen als ik in Zürich was, leerde daar hun zonen Jakob en Philip kennen, en vierde in oktober 2006 samen met Hans in de Kronenhalle de vijfenzeventigste verjaardag van Daniel en Rudi.

Zoals altijd wanneer ik een telefoongesprek moet voeren, oefen ik op de eerste zinnen. Ik wil zeggen dat ik het verschrikkelijk voor hem vind dat Anna dood is, maar ik krijg er geen geluid uit. 'Lieber Daniel,' schrijf ik dan maar. 'Es ist schrecklich. Jemand zu verlieren ist schon schlimm, Anna zu verlieren ist unerträglich. Sie hat dich so geliebt. Ich liebe dich.'

13 september 2011

> **DATE**: September 13 2011 14:31
> **TO:** Authors
> **SUBJECT:** Diogenes / publisher Daniel Keel passed away
>
> Sadly, we have to inform you that Daniel Keel passed away this morning, Tuesday, September 13th, 2011.
>
> The media will be informed shortly.
> In deep grief
>
> Rudolf C. Bettschart
> Jakob Keel
> Philipp Keel
> and all Diogenes staff

Daniels dood grijpt me aan, maar tegelijkertijd merk ik dat ik trots op hem ben. Door een dag voor de eerste sterfdag van zijn vrouw te overlijden, behoort hij tot de zeldzamen die echt sterven aan de liefde. In *Het jaar van magisch denken* haalt Joan Didion een aantal wetenschappelijke onderzoeken aan waarin het effect van de dood op de overlevenden is bestudeerd. Dolfijnen die weigeren te eten, ganzen die zo lang hun mannetje of vrouwtje blijven zoeken totdat ze zelf sterven, het sterftecijfer onder nabestaanden een jaar na de dood van hun man of vrouw. Sterven van verdriet verbaast me minder dan het overleven ervan.

20 september 2010

Bij Harry zijn de heren nagenoeg voltallig aanwezig: André Spoor, Adriaan van Dis, Marcel van Dam, Gerard van Lennep, Rudi Fuchs, Julius Roos, Jeroen Henneman, Reinbert de Leeuw. Kitty's altijd al droeve ogen staan nog droeviger. Ze is een combinatie van alles wat Harry lief was in zijn leven: de teckels en zijn moeder, in die volgorde. Nog magerder dan daarvoor, met een infuus in zijn rechterhand, wat moeilijker pratend dan anders, zit hij in zijn rode fauteuil. Hij ziet er niet uit als een man die gaat sterven. In alle teerheid oogt hij krachtig en onverzettelijk. Hij is onverschrokken nieuwsgierig, betrokken, benieuwd naar wat iedereen te melden heeft.

26 september 2010

Een vriendin mailt me hoofdstuk VII uit *De kleine prins* (1943) van Antoine de Saint-Exupéry.

> De volgende planeet werd bewoond door een dronkaard. Dit werd een kort bezoekje maar het stemde de kleine prins heel bedroefd.
>
> Wat doe je daar? zei hij tot de dronkaard, die hij stil

vond zitten bij een verzameling lege flessen en een verzameling volle flessen.

Ik drink, antwoordde de dronkaard met een somber gezicht.

Waarom drink je? vroeg het prinsje.

Om te vergeten, antwoordde de dronkaard.

Om te vergeten? vroeg het prinsje weer, dat al medelijden kreeg.

Om te vergeten dat ik me schaam, gaf de dronkaard met gebogen hoofd toe.

En waarover schaam je je dan? informeerde de kleine prins, die hem wilde helpen.

Ik schaam me dat ik drink, besloot de dronkaard en zei verder niets meer.

30 september 2010

Het eerste bericht dat ik 's ochtends in mijn mailbox vind, komt meestal van dr. Goodword. Het is het pseudoniem van een linguïst die in een taalblog elke dag een woord van alle kanten belicht, grammatica, geschiedenis, hoe het in het dagelijks taalgebruik dienstdoet, en de etymologie ervan. Vanochtend stuurt dr. Goodword me *dolor*.

> Word History: Middle English borrowed today's word from Old French 'dolour', the natural descendant of Latin dolor 'pain', from dolere 'to hurt, suffer'. This noun also went on to become Spanish 'dolor' and Italian 'dolore' with the same meaning, 'sorrow, mourning'. The root also turns up in many English words borrowed from

Latin or Romance languages: 'condolence' (grieving with), 'indolent', and 'deleterious'. The original [Link 1] PIE root was *dol-/*del- 'to cut', which also gave Russian its dolya 'share' and delit 'divide'.

Snijden, delen, scheiden. Scheiden doet lijden. Dat iets te vaak gelezen en versneden gedicht van Vasalis, waarin niet het snijden zo'n pijn doet, maar het afgesneden zijn.

Sotto Voce

Zoveel soorten van verdriet,
ik noem ze niet.
Maar één, het afstand doen en scheiden.
En niet het snijden doet zo'n pijn,
maar het afgesneden zijn.

Nog is het mooi, 't geraamte van een blad,
vlinderlicht rustend op de aarde,
alleen nog maar zijn wezen waard.
Maar tussen de aderen van het lijden
niets meer om u mee te verblijden:
mazen van uw afwezigheid,
bijeengehouden door wat pijn
en groter wordend met de tijd.

Arm en beschaamd zo arm te zijn.
(In: *Vergezichten en gezichten*; 1954)

De verscheurdheid, de doorgehakte eenheid, verdeeld, niet meer kunnen delen, gespleten, dat is het allemaal.

Dat het zo desastreus is voor je zelf komt omdat je geen zelf hebt zonder iemand anders en, in de liefde, je mooiste zelf in zijn handen ligt. We denken over het zelf alsof het ons toebehoort, een bezit dat we constant met ons meedragen, eigenhandig gemaakt of verworven, maar dat is schijn. Het zelf volgt een omgekeerde koers: het gaat niet van binnen naar buiten, maar komt van buiten naar binnen. 'Ik is een ander,' dicht Arthur Rimbaud.

'Arm en beschaamd zo arm te zijn.' In de literatuur over rouw worden twee elementen onderschat: de schaamte en het seksuele verlangen.

's Middags rij ik naar Zorgvlied. Ik vraag me af waarom ik dit doe, naar zijn graf rijden. Bij een graf sta je wat te drentelen en te dagdieven. Het is eerder gehoor geven aan het verlangen om de gang te maken die me geluk bezorgde, naar de Herengracht lopen, de sleutel in het slot steken, binnenkomen, hem daar zien zitten in de hoek van de bank.

Zoals de joden een steentje achterlaten op de rand van het graf of op de zerk, zo laat ik de peuk achter van de sigaret die ik bij elk bezoek aan zijn graf rook.

2 oktober 2010

Met de vlucht van 07.30 uur vlieg ik naar Zürich om in de Fraumünster Kirche de herdenkingsdienst voor Anna Keel bij te wonen. Omdat mijn gedachten bij Anna en Daniel zijn, ben ik er niet op bedacht wat de stad met me doet. Ik realiseer het me pas als ik me door de taxi op een brug laat afzetten en het meer zie, de zon erboven, de besneeuwde bergtoppen in de verte erachter, en het voetgangerspad langs het water. Waar we liepen, vier jaar geleden. Waar Hans even op een bank wilde gaan zitten en mijn hand greep. Waar ik toen pas zag dat zijn ogen vol tranen stonden.

'Ik vind de wereld zo mooi,' zegt hij, 'ik vind het leven zo mooi.' 'Ik moet me wat nauwkeuriger uitdrukken,' zegt hij, 'ik vind het leven met jou zo mooi.' 'Ik moet me misschien nog nauwkeuriger uitdrukken,' zegt hij, 'ik vind het leven door jou zo mooi.'

'Ik ook,' zeg ik.

'Dat kun je zo niet zeggen,' corrigeert hij me.

'Weet ik,' zeg ik. Meer krijg ik er niet uit.

Joan Didion belandt in een 'draaikolk', Joyce Carol Oates verdwijnt in een 'sinkhole', boven het hoofd van C.S. Lewis cirkelt een vliegtuig dat regelmatig bommen afwerpt. Het zijn de momenten waarop de werkelijkheid zich onverwacht opent als een afgrond en je naar beneden dondert, van herinnering naar herinnering, een niet te stuiten val in het gapende ravijn van je geheugen. Het beeld van een wij op het bankje aan de oever van de Limmat vouwt zich met gemak naar een beeld uit een nabijer verleden als ik bij de Fraumünster Kirche Daniel Keel uit een auto zie stappen en hij een kruk nodig heeft om te kunnen lopen. Na de herdenkingsdienst voor Anna loopt Hans naast me als ik de Kronenhalle binnenga. Ik raak hem pas kwijt als ik na het eten even bij Daniel ga zitten. Hij is ineengekrompen van het verdriet, zijn ogen zitten boordevol angst voor elke volgende minuut, elk komend uur. Van het aanminnige lachje dat altijd rond zijn mond speelde is niets te bespeuren. 'Es ist grauenhaft, Dani,' zeg ik tegen hem. 'Ja,' fluistert hij haast onhoorbaar, 'es ist grauenhaft.' Pas nadat ik tegen hem heb gezegd dat ik dit keer ouder ben dan hij, dat ik een halfjaar op hem voor lig, zie ik even dat lachje terug. Ik weet niet zeker of het voor het laatst is, maar ik ben er wel bang voor.

8 oktober 2010

Zoals vaak, uit verveling, uit tijddoding, de tv aan om halfelf in de ochtend, even naar Nederland 1 voor het journaal. Het eerste item is de zelfmoord van Antonie Kamerling. Wat is het toch dat je onmiddellijk volledig geabsorbeerd bent door de laatste minuten in het leven van iemand die zelfmoord pleegde? Op welk punt ben je beland om dat te kunnen doen? Hoe voelt die wanhoop, hoe ondeelbaar is die geweest? Wat gaat er door je heen als je een touw om je nek knoopt, naar de balk kijkt waarnaar je de afgelopen weken waarschijnlijk al tientallen keren keek en alsmaar dacht: niemand weet wat er door me heen gaat, dat ik daar op een dag zal hangen?

's Avonds eet ik met Marie, Willem en Marleen in een restaurant aan het Olympiaplein. Na het eten rijden we naar Den Haag om de première van Alan Ayckbourns *Verre vrienden* bij te wonen, waarvan een vriend, Job Gosschalk, de regie heeft gedaan. Vlak voordat we de zaal binnengaan fluistert Willem: 'We staan over een halfuur weer buiten.' We kijken hem verbaasd aan. 'Even een *family hug*,' zegt hij.

We slaan onze armen om elkaars schouders, buigen ons voorover en horen Willem zeggen dat Evert de Jager, de artistiek directeur van Het Nationale Toneel, plotseling is overleden. Ze gaan het zo dadelijk aankondigen, de première gaat niet door.

15 oktober 2009

Het is de dag van onze ondertrouw. Bij het wakker worden zijn we giechelig en opgewonden. We hebben besloten ons huwelijk voor iedereen geheim te houden. Alleen de kinderen, onze familieleden en enkele ingewijden weten ervan. Hij is als de dood dat de pers er lucht van krijgt en ons op de hielen gaat zitten. Bij het maken van een afspraak op het stadhuis heeft hij de ambtenaar verzocht om de grootst mogelijke geheimhouding. Vanaf de Herengracht nemen we een taxi naar het Waterlooplein en lopen hand in hand door de lichtstraat naar het stadhuis.

'Ik kan wel janken,' zeg ik.

'Daar heb ik ook al de hele ochtend zo verschrikkelijk veel zin in,' zegt hij.

Om twaalf uur zitten we aan een tafel tegenover een ambtenaar van de burgerlijke stand. De kamer is afgesloten van het publieke deel van het stadhuis, maar biedt een kijk op de open ruimte waarin de andere ambtenaren aan het werk zijn. Tot grote schrik van Hans is iedereen op de hoogte van ons bezoek en van de reden waarom we daar zitten. Er lopen wel tien mensen rond en het lijkt alsof ze allemaal hebben zitten wachten tot we binnenkwamen. Ze zwaaien naar ons vanuit verst afgelegen tafels, steken een duim op of roepen ons een felicitatie toe. Hans weet niet wat hem overkomt. Hij glundert van trots en knijpt hem tegelijkertijd als een ouwe dief. 'Het moet wel geheim blijven,' zegt hij herhaaldelijk lachend en een beetje benauwd. 'Het blijft binnen deze muren', wordt hem verzekerd.

'Ik wist niet dat het me zo gelukkig zou maken om jouw vrouw te worden,' zeg ik als we weer buiten staan.

'Ik voel me zo echt,' zegt hij.

'Ja,' zeg ik, 'dat is het precies.'

15 oktober 2010

De enige die vandaag zenuwachtig is, is Marleen. We rijden naar Roermond. Het is de 85ste verjaardag van haar biologische moeder. In haar tas zit een felicitatiekaart die ze heeft geschreven en die ze persoonlijk in de brievenbus wil stoppen. Ze wil haar moeder per se niet zien, maar wel het huis en de straat waarin ze woont. Marleen is afgestaan. Door die vrouw, haar moeder. Ze is geadopteerd en geëcht door de familie Stoltz, en ze draagt hun naam.

We zijn raar in elkaar verwikkeld. In tegenstelling tot haar ontmoette ik wel haar echte vader, zoende ik ooit met haar echte broer, en kende ik haar eerste geliefde van kindsbeen af.

Echt, dat woord achtervolgt me al mijn leven lang. En onecht ook.

16 oktober 2010

De filippine is een puzzel waarbij de vakjes zijn voorzien van cijfers en waarin elk ingevuld woord je een aantal letters oplevert voor andere woorden die met hetzelfde cijfer corresponderen. De verdovende lust van het invullen van letters in de hokjes met hetzelfde cijfer, de boosheid als achteraf blijkt dat je een kans bent misgelopen omdat je een cijfervakje over het hoofd zag. Dankzij de filippine weet ik nu dat het vaak een cijfer in dezelfde regel of net daarboven of daaronder is dat je het gemakkelijkst misloopt.

Wat dichtbij is zie je het slechtst.

19 oktober 2010

Tante Toos is dood. Ze is de eerste van de zes zussen van mijn moeder.

'We staan allemaal in de rij, kind,' zegt mijn moeder als ze me belt om me de dood van mijn tante aan te zeggen.

20 oktober 2010

Sinds eergisteren probeer ik het drinken beter te beheersen en de avond stuk te slaan met een halve fles wijn. Op dinsdagochtend werd ik rond halfvijf wakker van een donderslag die in onze slaapkamer tot ontploffing leek te komen. Minutenlang hoorde ik hem wegrollen in de ruimte. Als hij er nog was geweest had ik me aan hem vastgeklampt en me iets angstiger voorgedaan dan ik daadwerkelijk was.

'Dit is groot weer,' zegt hij geruststellend met een stem waarin nog wat nacht doorklinkt.

Ik wilde niet opnieuw gaan slapen. Voor het eerst sinds maanden was ik niet uitgeput, met een zere keel van de drank en de sigaretten, ontwaakt. Geen cryptofilippine nu. Lezen. Opnieuw Joan Didions *Het jaar van magisch denken*. Waarom keer ik toch steeds naar dit boek terug? Het heeft iets ongrijpbaars. Ik kan het steeds opnieuw lezen en het is steeds alsof ik het voor het eerst lees. Ik vind het geniaal en aangrijpend. In december 2005, bij de verschijning van de Nederlandse vertaling, werd ik gevraagd het boek te bespreken voor het Cultureel Supplement van NRC *Handelsblad*. Ik herinner me dat ik het ook toen een goed boek vond, maar nu ben ik veel meer onder de indruk, bewonder ik het mateloos, zelfs zozeer dat me af en toe de opmerking van Louis Tas te binnen schiet, dat bewondering verkapte jaloezie is.

Een jaar voordat de Nederlandse vertaling uitkwam had ik *The Year of Magical Thinking* gelezen. Bij haar bezoek aan Amsterdam gaf mijn Amerikaanse vriendin, Margie Smilow, me een artikel over Joan Didion uit *New York Magazine* van 10 oktober 2005.

'It's your story, Connie,' zegt ze.

Ik herinner me de afweer, het verzet tegen wat zowel het artikel als het boek van Didion me kon bieden.

'I've been there,' leg ik Margie uit. En dat ik niet wist of ik daarnaar terug wilde keren. Nu denk ik dat die afweer van toen te maken had met loochening, met het niet willen weten dat ik nog een keer zou gaan meemaken wat zij beschrijft, dat ik degene zou zijn die Hans moest begraven en niet andersom.

Vanaf de uitgescheurde pagina werd ik onontkoombaar aangekeken door een oudere, buitengewoon fragiele vrouw. Op de foto draagt ze het dunne, sluike haar in een haast kinderlijke coupe en houdt fraaie, gemanicuurde handen voor haar mond. Ze draagt geen ringen. De rechtervinger, waaraan een trouwring zou kunnen zitten, vertoont de verdikking van een reumatische aandoening. Hologig scheert haar blik rakelings langs die van de fotograaf, je moet goed kijken om te zien dat ze zijn blik ontwijkt. Alsof ze zich wil tonen en verbergen tegelijkertijd, alsof ze zich verontschuldigt voor wat anderen zien zodra zij in hun blikveld komt. Later zal ik in haar boek lezen dat ze niet wist hoe ze de vrouw van iemand moest zijn en daardoor ook niet hoe ze zijn ring moest dragen. Ze heeft hem om haar nek gehangen.

In de loop van die namiddag in oktober draai ik de uitgescheurde bladzijde om, zo onverdraaglijk is de aanblik van haar gelaat. Toch is het eerder dankzij deze foto van Joan Didion dat ik het artikel in de loop van de week lees, dan dankzij het onderwerp van het boek waarover het interview gaat, *The Year of Magical Thinking*. Het is het verslag van het jaar dat volgt op de plotselinge dood van haar man, de schrijver John Gregory Dunne. Ik heb dit verhaal al gelezen, ik heb dit boek al uit.

Telkens moet ik me over iets heen zetten om nieuwsgierigheid en leeslust op te brengen voor boeken over de dood van geliefden, of het nu echtgenoten of kinderen zijn. Voor vaders en moeders maak ik een uitzondering. Vaders en moeders rakelen verledens op en verledens verschillen. Maar iedereen die om een geliefde rouwt, rouwt om de toekomst of eerder om het onvermogen die toekomst nog te verdragen en betekenis te geven. En dat gebeurt altijd op dezelfde manier. Dat is een troostende en afschuwwekkende constatering. Troostend omdat je je pijn met zo velen deelt, afschuwwekkend omdat het je pijn met miljoenen keren vermenigvuldigt. Het is onmogelijk achteloos naar de verspreide lijken op het journaal te kijken zonder weet te hebben van het lijden van de achtergeblevenen. Het is onmogelijk een rouwadvertentie te lezen zonder je de onafzienbare leegte van de toekomende tijd voor te stellen voor hen wier naam nauw verbonden is met de dode. Tegelijkertijd is er iets ergerlijks aan de gebrekkige originaliteit van de rouw, tenminste voor een schrijver. Zo veel literaire varianten vallen er niet te bedenken voor de toestand waarin de rouwende neergesmeten is. Je bent naakt, je bent gek. Wat in je hoofd omgaat valt met de beste wil geen denken te noemen, het is een hardnekkige herhaling van hetzelfde in de hoop dat de repeterende breuk eens een andere som oplevert dan nul, niks. En dat doet hij niet. Het kost me moeite hetzelfde verhaal steeds opnieuw te lezen, ook al wijken aanpak, stijl, structuur van het verhaal van de dood nog zo af van de mijne. Het blijft hetzelfde verhaal.

Magisch denken is het denken waarmee je meent een onverdraaglijk geworden werkelijkheid te kunnen beïnvloeden en veranderen. Magisch denken is in bed de plek naast je vrijhouden, zodat de gestorvene zich daar weer op het kussen kan neervlijen als hij terugkomt, is zijn schoenen bewaren omdat hij ze nodig zal hebben als hij weer thuis is, is zijn mobiele telefoon opladen. Magisch denken is een autopsie toestaan met de verwachting dat de doktoren twee losgeraakte draadjes vinden die ze alleen maar aan elkaar vast hoeven te maken om hem weer te laten leven, zo simpel is dat. Magisch denken is elke minuut van de voorbije tijd terughalen om erachter te komen welke signalen hij gaf over een voorvoelde dood, opdat je ze nu wel opvangt en hem alsnog tijdig weg kan trekken van de rand van het ravijn.

Het verhaal van de dood, een verhaal dat een schrijver *moet* schrijven zodra de dood op zijn weg komt, dat verhaal is altijd hetzelfde, maar het wordt steeds anders verteld. Opgevoed met het idee dat kennis gelijkstaat aan macht en controle, pleegt Didion verzet tegen de machteloosheid van het verdriet door gehoor te geven aan het adagium van haar leven: *Read, learn, work it up, go to the literature.* Ze schraagt haar verhaal met citaten. Niet met zandzakken literatuur, de gedichten en de romans waarvan je op de eerste plaats troost zou verwachten, maar met de ontledende literatuur, de professionele geschriften van psychiaters, historici, antropologen en medici, de onderzoeken van biologen naar rouw bij dieren, naslagwerken over neurologie en cardiologie, klinische beschrijvingen van het proces van sterven en met een etiquetteboek uit 1922, van Emily Post, de Amerikaanse Amy Groskamp-ten Have, waarin staat hoe een omgeving zich dient te gedragen tegenover rouwenden, dat je ze hete thee of bouillon moet geven, ook al willen ze niks en vragen ze daar niet om. Geef het aan ze, ze drinken het vanzelf op.

Zowel in *Taal zonder mij*, het boek dat Kristien Hemmerechts schreef na de dood van haar man Herman de Coninck, als in *Schaduwkind*, het boek dat P.F. Thomése schreef na de dood van zijn dochtertje Isa, trof me dit literaire schragen van de bouwval die je leven opeens is. *These fragments I have shored against my ruins*, citeert Didion uit *The Waste Land* van T.S. Eliot. Als verweer tegen de afwezigheid van het levende lichaam, zinkt Kristien Hemmerechts weg in de gedichten van haar man, om zich te laten wiegen in de armen van zijn taal, en wordt P.F. Thomése daarentegen kwaad op de leegte waarin Flaubert, Nabokov en Goethe hem achterlaten met hun falende schrijfsels over wat de dood van een kind betekent. *Maar voor mij is het welgekozen, met zijn eigen brille pralende woord een doodsteek*, schrijft hij. Dat is de wurggreep waarin de taal de rouwende schrijver heeft: met zo veel literaire brille de literaire brille van anderen verachten, omdat ze hetzelfde verhaal anders vertellen, omdat er ongewild schoonheid in sluipt, zowel bij jezelf, als bij anderen. Waarschijnlijk is dat ook de bron van de weerstand die ik telkens moet overwinnen om me aan het lezen van de verhalen van andere schrijvers over de dood van hun geliefden te zetten. Het is hetzelfde verhaal, maar de welgekozen bewoordingen van de schrijver zijn doodsteken.

These fragments I have shored against my ruins. Magisch denken is jouw fictie opdringen aan een onverdraaglijk geworden werkelijkheid. Door een aantal zinnen eindeloos te herhalen, laat Didion ze werken als verdovende bezweringen, als toverformules waarvan de schrijfster verwacht dat, als ze ze maar vaak genoeg herhaalt, ze uiteindelijk de dode weer tot leven kunnen roepen. Het ontroerende aan *The Year of Magical Thinking* is dat het ook haar niet lukt.

21 oktober 2008

Koningin Beatrix ontvangt de president van Ghana in Paleis Noordeinde. Hans zal als minister van Staat aanwezig zijn bij de regeringslunch. Vanochtend is hij met een auto opgehaald en ben ik naar de Prinsengracht gefietst om te werken aan mijn essay over de kunst van de roman. Hij belt me op in de namiddag. 'Hé, ben je al thuis?' vraag ik. Hij antwoordt dat hij nog in Den Haag is. Er klinkt iets lacherigs door in zijn stem, iets wat ik niet kan duiden. Dan voert hij me tree voor tree de trap af.

'Niet schrikken, lieverd, maar ik ben gevallen,' zegt hij.

'O nee, schat! Heb je pijn?'

'De pijn valt reuze mee,' zegt hij.

'O goddank.'

'Maar het ziet ernaar uit dat ik mijn heup heb gebroken.'

'Nee, Hans!'

'Ik ben in het Bronovo.'

'In het ziekenhuis?'

'Ja, waar de koninklijke kindjes geboren zijn. Nu wil ik even met jou overleggen of ik me hier laat opereren of dat ik me naar Amsterdam laat vervoeren.'

'Opereren! Jezus, Hans, ik kom eraan,' zeg ik.

Tijdens de rit van Amsterdam naar Den Haag moet ik een gierende angst bedwingen. Ik denk steeds aan de drie c's van Mario Benedetti, de innemende en scherpzinnige man van Doll, een arts en intellectueel. Hij was al jarenlang bedlegerig toen hij op 13 maart 2001 overleed. Wanneer we bij Doll in Rome logeerden, liepen we in en uit zijn slaapkamer. Hij zat rechtop in de kussens, met een neusslangetje verbonden aan een grote tank met zuurstof, omringd door boeken. In een mengelmoes van Frans en Italiaans voerde Hans gesprekken met zijn zwager, over politiek, over literatuur. Op een dag zit ik bij hen in de slaapkamer en vertelt Mario over de drie c's.

Het zijn de beginletters van de drie doodsoorzaken voor mensen op leeftijd.

Cadere is er een van.

Vallen.

Van de dag van zijn val, en van de weken die ik daarna bij hem doorbreng in het Bronovo in Den Haag, vind ik niks terug in mijn aantekenboekje. Zittend aan zijn bed maak ik notities over Judas, en over de kunst van de roman. Alleen op 13 november 2008, als Hans inmiddels is overgebracht naar het OLVG en daar revalideert, schrijf ik: 'Overweldigend verdriet sinds H. viel. In het voorgeborchte van zijn dood.'

24 oktober 2010

De afgelopen dagen ben ik verschillende keren gebeld door de redacties van televisieprogramma's met de vraag of ik hun gast wil zijn op de dag dat Harry Mulisch zal sterven. Hoe besmuikt het verzoek ook werd gedaan, ik kon niet anders aan de journalistiek denken dan aan een vraatzuchtig, onverzadigbaar monster. Pas later realiseer ik me dat het hetzelfde beeld is dat ik af en toe heb van de dood.

25 oktober 2010

Mijn vriendin, Els Dottermans, en ik geven twee interviews over de voorstelling *Was will das Weib?*, die vanaf deze week in de Nederlandse theaters te zien is. Het is een solovoorstelling van Els, waarvan Johan Simons de regie deed. Ze zingt liedjes over verschillende stadia van de liefde; ik schreef er vorig jaar de verbindende teksten voor. Net als *Het geluk van de eenzaamheid* waren die verdronken in de Styx. Ik moest ze opnieuw lezen om te weten wat ik ervan had gemaakt. Het eerste wat ik denk na herlezing is dat het andere teksten waren geworden als ik ze na de dood van Hans had geschreven. Het andere wat me overkomt bij het lezen is niet zozeer een gedachte, maar de sensatie van vervreemding, van de vouw in de tijd. Ik vind het onbegrijpelijk dat de première dit jaar plaatsvond, op 9 januari 2010, dat Hans warm en levend was, dat er nog een *wij samen* bestond en wij op die dag in de auto stapten en vanaf de Herengracht koers zetten naar Gent.

Er is een weeralarm afgekondigd en ik ben bang voor de voorspelde ijzel. 'IJzel is het engste wat er is,' zeg ik tegen Hans, 'het is een onzichtbare vijand.' Hij stelt me gerust door te zeggen dat als ik kalm rijd, zonder haast, er weinig mis kan gaan. 'En als we verongelukken, zijn we in ieder geval samen.' Reinbert, Gerard en Heleen zouden ook naar Gent rijden om de première bij te wonen, maar zien er door de weersomstandigheden wijselijk van af. Zoals altijd wanneer het buiten woest en bedreigend is, bezorgt de urenlange rit in de auto ons een behaaglijk geluk dat met niets te vergelijken is. 'Lekker samen ingeblikt,' noemt Hans het.

Els en ik zijn bezig met ons tweede interview van die dag als Reinbert opbelt om te zeggen dat Harry's toestand is verslechterd en dat we vanavond afscheid van hem moeten gaan nemen. Hij zegt het met gedempte stem. Hij vindt het beschamend om de boodschapper van de dood te zijn. Els ziet aan me dat ik geen goed nieuws te horen heb gekregen, maar omdat er een journalist in huis is verzwijg ik waarover het telefoongesprek ging. Ik zeg alleen dat we vanavond niet samen ergens iets kunnen gaan eten omdat ik onverwacht om zes uur weg moet.

In de schemerige kamer ligt Harry de soevereine dood te sterven die hij altijd in zich had. Ik maak de stomme fout door te dicht bij hem te gaan zitten, waardoor hij me niet kan zien. Pas nadat ik hem op zijn wang heb gekust, rechtop ben gaan staan en vanaf het voeteneind van zijn bed nog een keer naar hem kijk, ziet hij wie hem daarnet een laatste groet bracht, wie hem bedankte voor zijn vriendschap en liefde in de afgelopen twintig jaar. Hij herkent me. Hij glimlacht en steekt zijn duim op. 'Zo,' zegt Kitty, 'die heb je binnen.'

30 oktober 2010

Harry is dood. Hij is om acht uur in de avond gestorven. Terug naar het Niets waarnaar hij haakte.

31 oktober 2010

Met een pan soep stap ik in een taxi die me naar de Leidsekade brengt, waar Harry ligt opgebaard en waar Kitty, de kinderen en de vrienden hun eerste gevecht leveren met de onbevattelijkheid van de dood. Kitty zegt: 'Het was alsof hij het doodgaan aan het bestuderen was, alsof hij precies wilde weten wat het was.'

1 november 1998

Ik word wakker in een smal bed op de logeerkamer van de Herengracht. We hebben elkaar gisteravond ontmoet bij Cees Nooteboom en Simone Sassen, min of meer zijn overburen. We hebben tot diep in de nacht wijn gedronken, naar muziek geluisterd, op de bank gevreeën. Ik heb hem verteld dat ik in de ochtend naar Limburg zal rijden om met mijn familie in de middag de lofdienst voor de doden bij te wonen en naar de zegening van het graf van mijn vader te gaan. Of hij me bijtijds wakker wil maken. We hebben maar een paar uur geslapen, afzonderlijk, in belendende kamers. Vroeg in de ochtend komt hij binnen in een witte badjas met capuchon. 'Je moet straks weg, maar ik kom even bij je liggen,' zegt hij. 'Mag dat?' Als ik in de ochtend van de 1ste november de dekens opsla en hij naast me komt liggen in het smalle bed, weet ik niet dat we beginnen zoals we zullen eindigen. Ik heb het gevoel dat ik een jongen in mijn armen heb.

Elf jaar en elf dagen later memoreert hij die avond in zijn welkomstwoord op ons huwelijk:

> Lieve Connie, ik weet zeker dat ik ook namens jou spreek als ik nu een paar lieve woorden tot jou richt.

Hij kan pas weer verdergaan als ik niet langer gier van de lach.

> Ik ontmoette je op een gure novembernacht, Allerheiligen, bij Cees Nooteboom en ik kwam van een feestje bij Winnie en Frits even langs. Je had flink getafeld en dat stak je bijna onder stoelen en banken. Het regende en ik zag er tegenop je naar huis te brengen, zoals Cees voorstelde. Dus stelde ik voor dat je mee naar mijn huis zou gaan om daar een taxi te nemen. Nou, dat heb ik geweten.
>
> We dronken ons nuchter en haalden de nacht door met Charles Trenet, Randy Newman en Cesaria Evora. Tegen de ochtend ging je keurig naar de logeerkamer, waar ik je een paar uur later kwam wekken. Ook dat had ik beter niet kunnen doen. Hoe dan ook, je ging die zondagmiddag weg naar het Allerzielenbezoek aan het graf van je vader en dat was de laatste keer dat je dat zonder mij deed.
>
> Pas drie maanden nadat ik je had ontmoet, vertelde ik je over mijn hepatitis en hoe oud ik was. Ik was het gewoon vergeten. Je was gechoqueerd, maar het was te laat om er nog iets aan te doen. Het andere virus van de liefde had z'n werk gedaan en je kon niet meer terug. Het zijn zware jaren voor jou geworden. Ik ben me dagelijks bewust van je liefdevolle bekommernis. Zo heeft zich met

schokken het besef ontwikkeld dat wij ons niet meer kunnen voorstellen dat we zonder de ander door het leven zouden gaan. Het is dat besef dat vandaag is omgezet in een huwelijk.

De bruidstijd was een vrolijke tijd, zelfs voor iemand op hoge leeftijd. Een paar weken terug op de trap van jouw huis omhoog vroeg je bezorgd: Ga je je nu weer jong voelen? Even voelde ik me een tekening van Peter van Straaten, maar ik kon je geruststellen: geen haar op m'n hoofd denkt eraan me weer jong te voelen. Daarvoor geniet ik te veel van de inzichten en gevoelens, die gekomen zijn met de jaren. Maar ik verheug me op onze toekomst, die al elf jaar geleden is begonnen.

In mijn herinnering vertelt Hans me al na een paar dagen hoe oud hij is en vertelt hij op Tenerife dat hij hepatitis heeft. We kennen elkaar dan ruim een maand. Ik ben er ziek van.

1 november 2010

Ik weet niks anders te doen dan naar hem toe te gaan. Bij de bloemenstal koop ik een bos rozen voor op het graf. Schuin tegenover zijn graf zijn ze bezig met het uitgraven van een nieuwe kuil. De graafmachine maakt een hels kabaal en ik druk kermend mijn oren dicht. Ik vraag of ze me even alleen willen laten, alsjeblieft. Ze zetten de motoren af en trekken zich terug. Pas als ik wegloop bedenk ik dat het graven en baggeren wel eens het voorbereiden van het graf voor Harry kon zijn geweest.

2 november 2010

Zes jaar geleden stapte Theo van Gogh in de vroege ochtend op zijn fiets en hij wist niet dat dit de dag was waarop hij zou sterven. Op de meest onverwachte momenten, zonder te weten wat er in de werkelijkheid aanleiding toe gaf, hoorde ik hem in de afgelopen jaren zijn moordenaar om genade smeken. Dat had een omstander gehoord, ik niet, maar de smeekbede klinkt luid en duidelijk in mijn hoofd, met de stem van Theo, alsof ik erbij sta. Zodra ik hem hoor komen daar de beelden bij waaraan ik wel echte herinneringen kan hebben, televisiebeelden van dat door en door verlaten lichaam op de stoep, in de slaaphouding van een onschuldig kind, met een mes in zijn buik. Van de verbeelde smeekbede raak ik telkens zo van streek, dat ik het er op aanraden van Hans een keer met Marie over heb.

'Ik hoor hem luid en duidelijk,' zeg ik tegen haar, 'en ik vind het heel akelig.'

Marie vraagt wat ik met Theo had. Ik vertel haar dat we na de dood van Ischa veel en intensief met elkaar omgingen. Theo nam me toen regelmatig mee naar de bioscoop, in de middagen, om me afleiding te bezorgen, om me te troosten. Hij haalde me op in de Reestraat, zette me in het kinderzitje van zijn zoon, en fietste naar het Leidseplein of naar de Reguliersbreestraat. Ik herinner me geen enkele film die we samen hebben gezien. Ik herinner me alleen de weldaad van de duisternis en van zijn gezelschap. Als Marie vraagt wanneer en waarom er een einde kwam aan dat intensieve contact, dan weet ik dat niet meer precies. Ik weet nog maar zo weinig van dat jaar. Wat ik me wel duidelijk herinner is dat ik hem op een avond 'Tipitina' van Professor Longhair liet horen. Ik had gezegd dat ik dat mooi vond. De laatste pianoklanken waren nauwelijks weggestorven, of Theo begon dat nummer tot op de grond toe af te kraken. 'Ik geloof dat ik toen opgehouden ben hem zo vaak te zien,' zeg ik tegen Marie, 'ik voelde me in gevaar.'

'Ik denk dat je wilt dat Van Goghs moordenaar hem wel hoort en wel naar hem luistert,' zegt Marie.

7 november 2010

Ik word wakker met de klagende klanken van klezmer in mijn oren. Het is de muziek die gisteren de hele dag op Harry's begrafenis klonk. Vanaf het wegdragen van de kist uit zijn huis aan de Leidsekade tot aan zijn graf, dezelfde klaaglijke melodie, troostend en smartelijk tegelijk. Na de herdenkingsdienst in de Stadsschouwburg varen we met rondvaartboten door de grachten. Op de bruggen in de stad hangen de toeschouwers over de relingen en zwaaien drommen mensen hem hun laatste eer toe. Op de Amstel, vlak voordat de boot met de kist Zorgvlied bereikt, brengt de hemel hem een eresaluut met een volmaakte regenboog. Voorafgegaan door de klezmerband lopen we achter de kist van Harry naar de Zochercirkel en houden halt bij de kuil, schuin tegenover het graf van Hans.

11 november 2009

Als ik in mijn bruidsjurk de Herengracht binnenkom, staat hij me op te wachten met in de ene hand zijn kruk en in zijn andere een bruidsboeket. Ik loop huilend op hem toe. Hij huilt ook als hij me het boeket geeft. We omhelzen elkaar en blijven zo een poos staan.

'Je huilt toch ook omdat je zo gelukkig bent?' vraagt hij halflachend en halfhuilend.

'Ja,' zeg ik, 'ik ben zo gelukkig dat het pijn doet.'

'Dat gaat nog wat worden met ons vandaag,' zegt hij.

Om twaalf uur die middag ontvangen we honderdvijfentwintig gasten voor een feestelijke maaltijd in de Rode Hoed. Ze zijn uitgenodigd met ons te vieren dat we elf jaar en elf dagen bij elkaar zijn. Na de prosecco wordt iedereen verzocht plaats te nemen aan de schitterend gedekte tafels. Achter het zojuist gerenoveerde orgel wacht Reinbert op een signaal. Hans en ik knijpen elkaars hand fijn van de opwinding. Op het moment dat de eerste klanken van de *Bruidsmars* van Mendelssohn de ruimte vullen, en het tot iedereen doordringt dat we hier en nu gaan trouwen, beginnen onze vrienden te joelen, te juichen, te klappen en te huilen.

's Avonds in bed zegt hij: 'Dit was de mooiste dag van mijn leven.'

'De mijne ook,' zeg ik.

11 november 2010

Vanaf het wakker worden speelt de zin van Eric door mijn hoofd: 'Het was de mooiste dag die de verschrikkelijkste dag draaglijk moest maken.' Als Marie me in de loop van de ochtend belt, vertel ik dat ik zonet haar toespraak op ons huwelijk herlas en dat ik daardoor weer moest denken aan wat Hans tegen iedereen zei die ons met Noor en Pien zag: 'Connie en ik nemen onmiddellijk kleinkinderen.'

Lieve papa, lieve Connie,

Elf jaar geleden ging ik op vakantie, naar een Club Med op Tenerife. Met Herman, papa en Noor en Pien. Noor was drie en Pien een paar maanden oud. Ons gezin zat in zwaar weer; ik was ziek en zat midden in een chemokuur. We moesten er nodig tussenuit en vertrokken voor 2 weken. De eerste week waren we met z'n vijven, de tweede week kwam Connie die we toen nog nauwelijks kenden. Een grappig klein mensje vond ik je, en verder vond ik nog niet zoveel. Daar, in dat kleine dorpje in de zon gebeurde iets bijzonders die week. Ik was moe en bang. Papa en Connie waren heel verliefd. En voor wie dat nog niet wist; mijn vader was mijn grote held. Genoeg materiaal zou je zeggen voor jaloezie en wrijving. Maar dat bleef uit. Sterker nog, ik viel als een blok voor het kleine mensje. Met wie ik meteen heel erg verschrikkelijk kon lachen. Connie zag mijn kinderen en ging meteen (al zeg ik het zelf) onvoorwaardelijk van ze houden. Herman en ik hadden een klein kamertje waar we met de meisjes sliepen. Direct naast onze kamer grensde die van papa en Connie. En Connie stelde voor om Pien bij hen te laten slapen. En zo geschiedde; Kleine Pientje lag daar in een heel groot bed intens tevreden te slapen. Papa en Connie kenden elkaar anderhalve maand en hadden een baby; die ze flesjes gaven, instopten en waar papa eindeloos liedjes voor zong.

Die week werd het fundament, en wel met onmiddellijke ingang, gelegd voor een dierbare relatie. Ik kreeg er een stiefmoeder(tje) bij en mijn meisjes een stiefoma. En we konden meteen hard lachen om stoma in plaats van oma.

Dat er voor mij iets bij kwam en niets afging is bijzonder en zegt iets over jullie beiden. De liefde van jou, papa, heeft altijd heel onvoorwaardelijk gevoeld; jij bent in staat om ons door alles heen lief te hebben. Daar kan niets of niemand tussen komen. En jij, Connie, hebt de grote liefde voor mijn vader altijd begrepen en herkend als iets wat niet bedreigend voor haar was. En dus was er alle ruimte voor jou en mijzelf om van elkaar te gaan houden en een sterke band op te bouwen. Nu zijn jullie dan getrouwd. Voor mij hoorden jullie al lang echt bij elkaar. En volgens mij geldt dat voor iedereen hier aanwezig. Dus daar hadden jullie het in ieder geval niet voor hoeven doen. Mijn vader heeft zijn leven niet in eenzaamheid doorgebracht. Jij bent de eerste niet, laten we het daar op houden. Maar trouwen doet hij met jou, en dat klopt heel erg.

17 november 2010

Steeds vaker moet ik mijn agenda raadplegen om te zien wanneer ik waar met wie was en wat zich daar eventueel afspeelde. Zo ik het me nog herinner. Ik weet zelden hoe ik thuisgekomen ben en wat ik in de laatste uren van de avond heb gezegd of gedaan. De versnippering van mijn leven, het gebrek aan heilige tijd, aan ongeschonden dagen waarin ik me aan iets kan wijden, maakt me stuk. Of houdt me stuk. Het ontbreekt me aan de wilskracht, de discipline en de moed om de dag schoon te houden, de invasie van het toekomstige leven te weren. De luxe van een telefoonfobie kan ik me niet langer permitteren, en om van zijn huis ons huis te maken, om de verkoop van mijn appartementen in de Reestraat en op de Prinsengracht, en de koop en renovatie van de Herengracht te regelen, ben ik voortdurend in de weer met taxateurs, makelaars, de executeur, familie en belastingadviseurs. Ik moet met hen overdag, op uren dat ik het liefst niemand zie, afspreken.

18 november 2010

Ik sprenkel wat Haldol op het bed en in de badkamer op de handdoeken. Niet alleen omdat ik wil dat het naar hem ruikt, ook omdat ik wil dat het naar *man* ruikt.

20 november 2010

Kor Bedee is dood. Mooie rooie Kor die vanachter dikke, ronde brillenglazen met haar levendige, ondeugende ogen onmiddellijk in je ziel leek te priemen. Net als Tas was Kor de laatste jaren gaan lijden aan de ziekte van het vergeten. Haar vrouw Rini Dippel beschrijft haar in de dodenbrief als 'mijn lieve, dappere, eigenzinnige, tot het laatst toe zingende en declamerende levenspartner'. Naar zijn zeggen was het Kor Bedee die Ischa als psychotherapeut had gered toen hij van plan was de vrouw die enkele maanden zwanger was van zijn kind, te verlaten. 'Zo, en nu moet je maar eens een tijdje geen vrouwen ongelukkig maken en alleen gaan leven,' had ze gezegd.

Op het kaartje dat Rini Dippel me later stuurt om me te bedanken voor mijn condoleancebrief, schrijft ze: 'Naast Kors bed lag *Lucifer*, dat ze tot pagina 189 las en in haar nachtkastje vond ik jouw portret uitgeknipt uit een luciferdoosje.'

Ik ben er op dezelfde manier door ontroerd als door het portret dat in de nalatenschap van mijn tante Zuster werd aangetroffen. Ze was een jongere zus van mijn grootmoeder, ze was mooi, intelligent, goedlachs, en ze was non. Ze heette eigenlijk zuster Petronelli, maar we kenden haar niet anders dan als tante Zuster. Samen met mijn moeder zocht ik haar een aantal jaren geleden op in het bejaardentehuis voor vrouwelijke geestelijken. Tante Zuster was toen al ver in de negentig. Ze ontving ons in haar kamer. We kwamen te praten over haar zus, mijn grootmoeder, toen ze opeens begon te huilen. 'Dat arme mens,' zei ze, 'dat arme, arme mens.' Ze herstelde zich snel en zei toen dat ze elke dag bad voor haar familieleden, zodat ze toch in de hemel konden komen. Mijn moeder, bezorgd als altijd, zei: 'Nou, bid dan ook maar een paar Weesgegroetjes voor ons Connie.' 'O nee,' zei tante Zuster, 'dat heeft Connie helemaal niet nodig, die komt er vanzelf wel in.' Bij het afscheid huilde ze weer. 'Nu zal ik je nooit meer zien,' zei ze. Ze werd ouder, ging dementeren en werd overgebracht naar een ander verzorgingstehuis. Ze was over de honderd toen ze stierf. Het enige wat ze overal mee naartoe had genomen was een ingelijste foto van mij, uitgeknipt uit een tijdschrift. Ik weet niet of ze nog wist wie dat was.

23 november 2010

Voor het eerst sinds zijn dood ben ik voor de tweede opeenvolgende avond alleen. Het went. Het lichaam heeft er ruim acht maanden over gedaan om door te krijgen dat het vergeefs hunkert en dat de begeerte niet wordt gestild. Op den duur voelt een uitgehongerde geen honger meer. De eenzaamheid begint me dat ongenaakbare te geven dat ik nodig heb om alleen te kunnen zijn en om zonder hem naar buiten te durven gaan. Ik ben eraan gewoon geraakt *zonder* hem *met* hem te zijn, me in stilte voortdurend tot hem te verhouden. In de avond loop ik naar de Prinsengracht en stel tijdens de wandeling vast dat de schaamte nagenoeg verdwenen is, dat de eenzaamheid me is gaan aankleven en ik er bevriend mee ben geraakt, als je dat zo drakerig mag zeggen. In mijn huis haal ik de gouache van Hugo Claus van de muur, wikkel hem in een handdoek, neem hem onder mijn arm en loop ermee terug naar de Herengracht. Het is Hugo's cadeau voor mijn vijftigste verjaardag. Hij was die dag, op 25 november 2005, te zwak geweest om bij het feest aanwezig te zijn. Een paar weken na mijn verjaardag bezochten we Hugo en Veerle in Antwerpen.

'Je krijgt nog een prentje van me,' zegt Hugo.

Hij legt er vier voor me neer. Ik kies voor de schildering van wat ik een 'duivelse engel' noem.

'Ja, het is natuurlijk een zelfportret,' reageert Hugo met dat schutterige lachje waar hij patent op heeft.

Het anderhalve uur dat ik doorbracht in het appartement maakte me jachtig. Ik verlangde terug naar de afgezonderdheid van ons huis, naar de vrijstaande apartheid ervan, naar het *hij* en het *wij* dat ik daar meer aantref dan in mijn werkhuis. Wat me nog geen acht maanden geleden een gevoel van veiligheid gaf, de wetenschap dat er anderen boven en onder me woonden, tastte nu het pantser van mijn verworven eenzaamheid aan. Naast me hoorde ik de buurman telefoneren.

Het was dezelfde buurman die 's middags een voicemailbericht achterliet op mijn mobiele telefoon. Er was iets wat hij me moest vertellen en dat hij niet wilde inspreken op een antwoordapparaat. Later op die middag belde ik hem terug. Met de ontzetting nog in zijn stem, vertelde hij dat Sander Jonkergouw dood gevonden was in zijn huis. Vanuit Limburg had Sanders vader dagenlang geprobeerd hem te bereiken, was ongerust geworden en had ten langen leste de kroegen in Amsterdam afgebeld waarvan hij wist dat zijn zoon er regelmatig kwam. Niemand had Sander in de afgelopen dagen gezien. Uiteindelijk had hij de politie gebeld. Die vond hem, maandagmiddag, liggend op de keukenvloer.

Sander was een buurtgenoot die ik regelmatig ontmoette in Het Koffiehuis van mijn vrienden Harry en Laura Schaft. Ik bel Harry om hem te condoleren en hij vult het verhaal van mijn buurman aan. Hoewel op maandag het koffiehuis gesloten is, was Harry er in alle vroegte om het vuilnis buiten te zetten. Sanders vader had hem daar gebeld om naar zijn zoon te informeren. Of hij bij hem was? Nee. Wanneer hij hem voor het laatst had gezien? Donderdagmiddag. Dat was toch vreemd, kwam Sander niet dagelijks bij hem? Ja. Van de vader vernam Harry dat een vriend hem nog op vrijdagavond had gesproken, dat Sander tegen hem had gezegd dat hij zich niet lekker voelde en vroeg naar bed ging.

25 november 2005

Lieve Connie, hartelijk gefeliciteerd met jouw vijftigste verjaardag!

Ik heb er een paar maanden over gedaan om een briljante eerste zin te vinden voor een verjaardagsspeechje en dit is hem dan: lieve schat, heel hartelijk gefeliciteerd met jouw vijftigste verjaardag. En dat geldt ook voor jou, moeder Mia, aan wier schoot alles ontsprongen is en voor de drie broers en hun geliefden en ook voor de jongen die net nog naast je zat en voor alle vrienden en vriendinnen, die je nu om je heen hebt: allemaal heel hartelijk gefeliciteerd met de vijftigste verjaardag van Connie.

Ze heeft de laatste weken bij het naderen van deze dag een verkneukelingsvermogen aan de dag gelegd, waar mijn twee kleinkinderen nog van kunnen leren.

Het is ook niet niks, vijftig jaar worden, en dan zo ver van je vaderland, waar de nachtegalen zingen in het bronsgroen eikenhout. En dus gingen we daarnet allemaal voor je staan en zongen zo hard mogelijk en triomfantelijk: dáár is m'n vaderland. Dáár waar je níet bent.

Een besef met een groeiende dramatische lading in deze tijd, maar bij jou is het niet meer dan een bronsgroene nostalgie, die gaandeweg ook de mijne is geworden.

Het is alsof ik er een tweede vaderland bij heb gekregen sinds ik jou heb ontmoet. Ik ben gaan houden van Sint Odiliënberg, alsof het een deel van mijn eigen jeugdherinnering uitmaakt. En dat terwijl ons beider jeugd zowel in de tijd, ruimte en aard zo totaal verschillend is geweest. Maar in het huis aan de Kanunnik Willemsestraat heeft moeder Mia een stapeltje tradities en gebruiken onder beheer, die nog niet eens exclusief Limburgs zijn, maar meer de tekenen van een verdwijnende samenleving, waar de kinderen zich af en toe aan te goed komen doen. De vlaaien, het zuurvlees, de pastei, het neerzitten en het uitstoten van steeds meer lokale klanken. De gang omhoog naar de mooiste kerk van Nederland, de Romaanse basiliek uit de twaalfde eeuw op een terp, met het koor waarin Mia iedere zondag de Latijnse lof van God zingt en waar mijn goddeloze ontroering zich moeiteloos bij voegt. En bovenal het respect en de liefde voor de doden die in de gemeenschap van dorpsgenoten worden beleden en overeind gehouden. De bloemen op de graven, de families van het dorp aan de voet daarvan. Verdrietige of verdrietloze vastberadenheid om de doden niet te laten gaan, omdat ze dan pas echt sterven. Dat is twee keer per jaar: op Allerheiligen, de dag waarop wij, Connie, elkaar voor het eerst ontmoetten en op Palmendag, de sterfdag van je vader.

Wie Sint Odiliënberg nadert vanuit Roermond wordt door niets gewaarschuwd dat er een echt dorp om de hoek ligt. Twee kleine spitse torens steken even uit boven een geboomte en aan de voet daarvan kolkt een piepklein riviertje zich door de bocht van een weiland. De Roer, zei Connie tot mijn verbazing. De Roer! Dit kleine rumoerige stroompje.

M'n geografische en historische verbeelding sloeg op hol. Ik kende het woord 'Roergebied' vanuit de onderste la van de logeerkamerkast in de oorlog. De hele nacht had het gezoem en gedreun van de Lancasters door de kamer getrokken en om zeven uur werden tot onze blinde vreugde de namen genoemd van de plaatsen waar de dood had toegeslagen. Keulen, Essen, Dortmund, Duisburg, Oberhausen. Sint Odiliënberg was daar nooit bij.

En nu stond ik oog in oog met een stukje Roergebied dat tegelijk zo onschuldig en zo dreigend erbij lag. Ik móet er altijd even naartoe. Over de draaikolken hangt een magische betovering. Er zijn ook verhalen waar je niet rustig van wordt, van verdronkenen en zelfmoordenaars. Dood en verderf zitten ook daar nog in het water.

De roep van de Roer blijft maar doorklinken, Connie, waar je ook gaat of staat in het leven, jouw emotionele basis is en blijft de Berg. Ik merk dat iedere dag dat ik met je omga.

In die essentiële ervaring is het kind gebleven, waarmee je iedereen ontroert, als je schrijft, als je voordraagt, als je gewoon je gezelschap amuseert en als je mij in tranen brengt van het lachen en van ontroering. Je bent een beetje het nationale publieke kind van Nederland geworden. Het is een rol en tegelijkertijd bén je het ook. Je speelt het kind dat je bent. En dat kind komt van de Roer en de Berg.

Dat kind is ook de brug tussen je publieke en particuliere leven, waarvan jijzelf denkt dat je die behoorlijk gesepareerd hebt. Maar dat is niet zo. Jouw publieke en particuliere bestaan lopen veel meer door elkaar dan bij andere mensen. Dat komt ook omdat je, met een paar heel persoonlijke boeken, een deel van je privédomein hebt ingebracht in het publieke. En dan ben je niet meer alleen de baas.

Dat kind loopt in en uit, brengt ontroering teweeg, doorbreekt taboes, waardoor je soms op hartverscheurende wijze mensen iets onthult over zichzelf en áán henzelf.

Een enkel voorbeeld, omdat ik dingen hoor en meemaak, die voor jullie, vrienden, verborgen blijven. Connie heeft iets met Duitse vrouwen, wat mij maar niet wil lukken. Ze zijn dol op haar en vertrouwen blind op wat ze zegt. In emotionele ontwikkeling zijn ze geremder en getaboeiseerder dan Nederlandse vrouwen. Met drommen komen ze naar Connie en als ze spreekt, over haar jeugd, haar ouders, luisteren 600 vrouwen gebiologeerd. Connie leest voor.

De enige onvoorwaardelijke liefde, zo stelt ze, die bestaat is van het kind voor z'n ouders. De ouders – van na de oorlog – zijn schuldgevoelige hard zwoegende mensen. Ze hebben letterlijk alles over voor hun kinderen en cijferen zichzelf weg. Het land herrijst. Ze zijn vervuld van de gedachte dat hun kinderen hun dankbaar zijn en die zijn dat meestal ook. Maar er is maar één weg om die zichtbaar te maken. Dat is het geluk. Ongelukkig zijn is niet toegestaan. Wie ongelukkig is = ondankbaar en Connie noemt dit het juk van het geluk. Connie legt het uit zonder enig pathos, maar de herkenning wordt in de zaal bijna tastbaar. Langzaam verspreidt zich een zacht gesnotter. Ik kijk om mij heen en zie overal tranen. Een vrouw gaat onderuit en twee werken zich uit de rij en moeten de zaal aangedaan verlaten. Wat is dat? Dat zijn vrouwen die voor het eerst hun verdrongen en verboden verdriet mogen aanraken. Zowel de zwoegers als hun kinderen. En hoe kan dat?

Dat is de kracht van het kind van de Roer dat een taboe doorbreekt en aan mensen hun verdriet openbaart. Het is een verbazingwekkende, indringende en ontroerende gebeurtenis. Zo gaat dat vaak. Niet alleen in Duitsland, maar vooral dáár en bovenal met vrouwen. En dat heeft heel sterk met de oorlog te maken.

Lieve schat, dat is meesterlijk van je. Als ik bondskanselier was dan nam ik je als nationaal kind in permanente overheidsdienst om overal dijken door te breken en tranen te laten stromen.

Vanuit die ijzersterke uitvalsbasis aan de Roer, 'Das Kind am Ruhr', ben je naar het noorden gekomen om daar te worden wie je bent. Als je leven ergens door getekend wordt, dan is het door de hardnekkigheid waarmee je een doel blijft najagen, als je dat eenmaal voor ogen hebt gesteld. Scherpzinnigheid en hardnekkigheid en een weergaloze humor, die je op tijd van de afgrond wegtrekt.

Kijk om je heen en je ziet wat je leven je tot nu toe heeft opgeleverd. De vrienden om je heen, behoren tot de alleraardigste mensen die ik ken.

Je buitengewoon lieve familie, ook die van mij, die maar gedeeltelijk aanwezig is, maar dol op je is, inclusief Noortje en Pien, die je adoreren en je hun stoma noemen. En verder heb je zulke mooie boeken geschreven dat jouw vriend en uitgever Mai je met liefde dit feest kan en wil aanbieden.

En als klap op de vuurpijl je uit een lang verleden teruggekeerde vriendin Paulien, die nu aan je tafel zit met haar man. Wat een rijk bezit allemaal.

En toch pas vijftig jaar.

Maar ook de afwezigen, de doden, de gestorven dierbaren moet je tot de rijkdom van die vijftig jaar rekenen.

Rob, voor wie Jet ook te zijner gedachtenis hier aan tafel zit. En je vader, die zo kort na Ischa stierf, waardoor zijn dood een extra ontmanning van je leven werd. De vader die zo voldeed aan de zwoegende rol, die ik net beschreef, en tegenover wie ik je gegund had dat je naast de overdosis dankbaarheid ook nog andere gevoelens had kunnen uitleven.

Bij de aanwezigheid van Judith wordt er iets goedgemaakt van het grote verlies van dierbare Lodewijk.

En ten slotte Ischa, je grote vriend en liefde, die te vroeg stierf en van wie wij tot onze grote vreugde Jessica en Jeroen aan onze tafel hebben.

Het is altijd een wat paradoxale situatie met voorgangers in de liefde: je zou niets liever willen dan dat ze erbij zouden zijn, maar de vraag is dan weer in hoge mate of je er dan zelf ook bij zou zijn geweest.

Daar is niet uit te komen, maar Ischa heeft dat zelf opgelost door zo'n krachtige postmortale présence in het bewustzijn van mensen te vestigen, dat hij eigenlijk altijd wel een beetje aanwezig is.

Lieve Connie, iedereen aan tafel weet dat het liefdespad voor jou niet over rozen is gegaan. Kort na ónze aangrijpende ontmoeting werd duidelijk dat een virus in ons perspectief een beperking had aangebracht. De bestrijding werd vooral voor jou een lijdensweg. Nooit zal ik vergeten hoe engelachtig je voor mij geweest bent in die zware transplantatiedagen, vijf jaar geleden.

Als ik bedenk dat ik al vier jaar dood had moeten zijn, heb ik alleen maar reden om dankbaar te zijn voor de extra levensruimte die ik met je heb gekregen.

En hoe moeilijk het soms ook is mede door die beperkte perspectieven: ik ben blij met iedere dag die ik met jou door het leven kan gaan. Moge dat heel lang duren – ik hou van je.

Een uur na zijn toespraak staat de grootste verrassing ons nog te wachten. Hij zit naast me en ik merk dat hij een beetje onrustig wordt. Ik weet niet waarom, het is niks voor hem. Dan slaakt hij een diepe zucht, kijkt me gespannen en toch snaaks aan, staat op en loopt naar de piano. Hij krijgt een microfoon aangereikt en zegt dat hij de tweede man in mijn leven is van wie dit het lievelingslied is, die er alle coupletten van kent, maar dat hij het zich toch niet wilde laten afnemen door die ander. En dan speelt de pianist de eerste tonen van 'Un jour tu verras'. Marie zit aan de belendende tafel. Zodra ze in de gaten krijgt wat er staat te gebeuren, komt ze naar me toe, knielt naast me neer en houdt mijn handen vast. Daar staat hij, verlegen en vastberaden, hij is vijfenzeventig en hij is zeventien, en hij zingt. Als ik naar Marie kijk zie ik dat ook bij haar de tranen over de wangen rollen. We houden zoveel van hem dat we bijna barsten.

30 november 2010

In *Het Parool* staat een dodenadvertentie voor Sander Jonkergouw. 'Het is een stuk stiller in de stad.' Hij is ondertekend door meer dan tachtig vrienden. Hij was achtenvijftig en stierf moederziel alleen. Het was een van de eenzaamste mannen die ik ooit heb ontmoet. Zo veel namen, ik vind het aangrijpend, en ik word er triest van. Is het een spreekwoord uit China of Perzië of heeft iemand het ooit tegen me gezegd? Wie meer dan vijf vrienden heeft, heeft er geen.

4 december 2010

Je moet jezelf doodmaken om te kunnen schrijven. Zoiets staat in mijn eerste roman. Ik zou moeten nazoeken in welke bewoordingen ik het precies zei, maar daar heb ik nu geen zin in. Lusteloosheid en onverschilligheid blijven mijn grootste vijanden, al voel ik me sterker en word ik langzamerhand iemand met wie ik het de komende tijd moet doen. Niet langer mijn liefste ik. Een soort rillerig, verzenuwd knaagdier.

Joyce Carol Oates beschrijft hoe ze zich na de dood van haar man vastklampt aan de levenslijn die haar publieke persoon haar toewerpt. Je publieke persoonlijkheid is een creatie, een personage dat je kunt spelen. Joyce Smith is de vrouw die haar man verloor, maar Joyce Carol Oates is een ander. De scheiding tussen die twee is in haar beschrijvingen zo afgrondelijk groot dat je je kunt afvragen of Joyce Carol Oates wel een man had. In *A Widow's Story* laat ze weten dat Raymond Smith haar romans niet las en dat zij zijn werk niet helemaal kende. Drie weken na zijn dood glijdt ze in haar rol van Joyce Carol Oates en wordt de schrijfster, de docent op Princeton. 'This is not a person,' zegt ze over de schrijfster. 'This is not a life.'

7 april 2011

De recensie van *A Widow's Story* door Julian Barnes in *The New York Review of Books* van 7 april 2011 ontketent een discussie. Barnes zet vraagtekens bij de door Oates verlangde eerlijkheid die het genre van de memoires vereist. Oates maakt nergens melding van een nieuwe liefde in haar leven. Barnes meent dat dit als een schending van de narratieve belofte opgevat kan worden. Zonder er een moreel oordeel over te vellen, vraagt hij zich af hoe oprecht de slotzin van Oates' boek kan zijn, als ze weet dat ze binnen een maand na het schrijven van die zin zal hertrouwen. De laatste zin van Oates' boek is:

> Of the widow's countless death-duties there is really just one that matters: on the first anniversary of her husband's death the widow should think *I kept myself alive.*

Julian Barnes verloor op 20 oktober 2008 zijn vrouw, hij weet waarover hij het heeft. Ik herinner me dat Oates in het boek beweert met het schrijven van de memoires zo diep mogelijk tot het fenomeen van de rouw te willen doordringen. Door het verzwijgen van de ontmoeting en aanstaande verbintenis met een nieuwe man, verandert haar beschrijving van de rouw in valsemunterij. De nieuwe liefde maakt óf deel uit van de rouw, óf de rouw overkomt iemand anders, de afgesplitste Joyce Smith. Maar wie schreef dan de memoires?

Het maakt nogal wat uit of je jezelf het eerste jaar in leven hebt gehouden met of zonder een nieuwe geliefde naast je.

Het bedrieglijke aan de narratieve belofte van dagboeken, logboeken, memoires en autobiografieën, is dat ze eerlijk zijn, dat ze de waarheid vertellen. Ik weet nu hoe het gaat. Ik weet dat je meer níet opschrijft dan wel. Ik weet dat je kronkelt en draait, dat je veel verzwijgt om jezelf en anderen te sparen, maar ook dat het geheugen zelf je al aan het bedriegen is. Het is een onbetrouwbare zegsman. Het eigen geheugen is een verhalenmaker met jezelf als hoofdpersonage. Ieder ander personage is een bijfiguur die in jouw verhaal alleen een rol krijgt toebedeeld als hij de integriteit van het hoofdpersonage intact laat. Je stuit pas op de vervorming van je eigen ik-figuur als je jezelf opgevoerd hoort, of ziet, in de verhaalde herinneringen van anderen. Je wordt nooit herinnerd zoals je jezelf herinnert. Niet ten goede, en niet ten kwade.

Boeken als *A Widow's Story*, *Het jaar van magisch denken*, *A Grief Observed*, *Taal zonder mij*, *Schaduwkind* en *Niet meer dan een ademtocht* zijn boeken die geschreven moeten worden. Het is niet dezelfde urgentie die het achter het *moeten* verscholen ligt waarmee recensenten soms een roman complimenteren: 'Deze roman moest geschreven worden.' De noodzaak van het schrijven is geen literaire, maar een existentiële. Het boek niet schrijven zou betekenen dat je ophoudt met schrijven, en daarmee met het leiden van het leven van een schrijver. Het staat elk boek dat je nog van plan bent te schrijven in de weg, het staat je leven in de weg. Maar met het vertellen van de waarheid heeft het bitter weinig van doen.

9 december 1998

Hij zegt dat het zijn eerste schreden zijn op het pad van de liefde.

'Een maagdelijk jongetje,' zeg ik.

'Maar nu wil ik ook niet meer dood,' zegt hij.

13 december 2010

Gisteravond heb ik zoveel gedronken dat ik op deze zondagochtend, volledig gekleed en nog steeds nog dronken, wakker word op de bank. De tv staat aan, de verwarming gloeit, mijn oogleden zijn rood en gezwollen. Kennelijk veel gehuild. Eric had gekookt, Marleen at mee, ik herinner me vaag dat het gesprek over de dood van mijn vader ging. Mijn hoofd bonkt en suist op het ritme van mijn hartslag. Je bent nog maar een stap verwijderd van een delirium, dacht ik. De rest van de dag ben ik bezig met het verjagen van de lichamelijke ellende. Melk, vitamines, uitgeperst sinaasappelsap, yoghurt, cola, de hele mikmak aan middelen waarvan ik weet dat ze nog wel eens willen helpen. Om zeven uur word ik opgehaald door Alexander Rinnooy Kan. Hij heeft me uitgenodigd samen naar een uitvoering van de *Goldbergvariaties* door Evgeni Koroliov in het Concertgebouw te gaan. Voor het eerst rijdt er weer een auto met chauffeur voor op de Herengracht en zit ik naast een man die de deur voor me opent, me voor laat gaan, mijn jas aanneemt. Doordat de hond van het verlangen flink doorbijt, realiseer ik me hoe gehecht ik was aan de hoffelijkheid van Hans. En hoe ik die mis.

14 december 2010

Drie jaar geleden begonnen we aan het sobere drinken. We drinken doordeweeks helemaal niet en in het weekend een of twee glazen bij het eten. Omdat ik denk dat ik voorgoed van de drank afben, trek ik het essay dat ik in januari 2005 voor een bundel over de roes schreef, terug. De samenstelling van het boek heeft zo lang op zich laten wachten dat mijn essay niet meer geldt, meen ik. Ik zou het anders schrijven, vanuit het perspectief van iemand die al een aantal jaren niet meer dronken is geweest.

De weigering om het te publiceren was een bezwering. Het eerste wat ik denk als de dokters tegen me zeggen dat Hans dood zal gaan is: ik kan altijd nog roken en drinken.

Ik praat met Marie over verslavingen, en over wat ik me nog herinner van het essay dat ik een aantal jaren geleden schreef. Ze vraagt ze of ze het mag lezen. Ze leest het vanaf het scherm van mijn computer. Bij het dichtklappen van de laptop, kijkt ze me aan en zegt: 'Ik zou het zelf ook maar weer eens lezen, Con.'

Noem het gelukkige doodsangst, bange levensvreugde, die twee

Het verstand speelt onder een hoedje met mijn lusten. Het verzint heldhaftige en uitdagende motieven voor de dronkenschappen, de veertig Marlboro's per dag, de afgekloven nagels en zelfs voor zijn eigen veroordelende en vergevende activiteiten reikt het brein me verzachtende omstandigheden aan. Het zegt dat ik mijzelf beschadig en dat ik met mijn leven speel, maar voegt er sussend aan toe dat ik niet anders kan, dat ik zonder drank, sigaretten en een hoofd dat onophoudelijk zinnen maakt, te weinig van het leven geniet, sterker nog, dat ik het zonder helemaal niet aankan. Om me nog meer op te peppen zegt het dat er achter al die verslavingen de dramatische logica van het bestaan schuilgaat: om het leven te kunnen leiden, moet het leven worden vernietigd.

Verslaafden nemen de vernietiging iets meer zelf in de hand dan mensen die er minder toe neigen verwoestend mateloos te zijn. Het voelt heroïsch om niet behoudzuchtig, voorzichtig, spaarzaam en waakzaam te zijn; het voelt heroïsch om je zo vrij te wanen dat je het leven mag verspillen. Verspillen doe je zelf, onder je eigen regime en verantwoordelijkheid. Het is een eenzaam heldendom. Om verzorgd, verwend en bemind te worden, heb je anderen nodig. Mannen en vrouwen die de roes zoeken, snakken naar een tijdelijke ontsnapping aan de afhankelijkheid en verantwoordelijkheid die het leven met en tussen de anderen met zich meebrengt. Leven met anderen vinden ze moeilijk. Ze worden er gespannen van.

De dood is rechtvaardig, zeggen ze. De dood is er voor iedereen, het is een blindganger, een karakterloos, onpersoonlijk lot dat zich aan- of onaangekondigd voltrekt op een moment in de toekomst. De alcoholist en de roker hebben moeite met de rechtvaardige onverschilligheid van de dood. Bij het leven willen ze er al een verhouding mee, zodat hij beter bij hen gaat horen. Dat heeft te maken met het eigenaardige schuldgevoel van de eenzame held. Wat heb je aan een dood waaraan je je niet schuldig hebt gemaakt? Longkanker krijgen zonder ooit een sigaret te hebben gerookt, dat is pas erg.

Genot is de handlanger van de evolutie. Het is de bonus voor dag in dag uit leven en steeds hetzelfde moeten doen om dat leven te behouden en te onderhouden. Slapen en opstaan, eten en drinken, seks hebben en kinderen krijgen, je aankleden en met anderen omgaan, werken en geld verdienen, studeren en wijzer worden, al het dierlijke en ogenschijnlijk nutteloze zouden we achterwege laten als het ons geen genot bezorgde. De roes is een genot dat indruist tegen het behoud van het leven. Het is het genot van de vernietiging en de dood. Daarom roept iedere verslaving weerzin en onbegrip op.

De gezonde gemeenschap vindt haar beloning in de conservering van het lichaam en de hoop op een lang leven. De gezonde doet aan sport, eet yoghurt met muesli en fruit, houdt het op twee glaasjes, rookt niet, neemt vakantie en doet het buiten de deur met condoom. De verslaafde provoceert door een zekere minachting voor deze zorgvuldige koestering van het vleselijke aan de dag te leggen. De roker en drinker is een geestelijke. Hij rookt en drinkt om zich te concentreren, om zich af kunnen sluiten en om de eenzaamheid van een contemplatief leven te verdragen. Hij doet dit met veronachtzaming van het lichaam, om de wetmatige, domme eisen van de natuur te vergeten. Hij lonkt naar de dood vanuit een andere levenslust.

Alcoholisme heeft met dood en rouw te maken, niet per se met een al beleefde rouw, maar met een rouw die altijd in het vooruitzicht ligt en zich dagelijks doet voelen. Deze rouw is een prelude op een gemis dat zich ooit, op een dag, zal aandienen, dat is zeker, daar ontkomt niemand aan. Het is niet alleen de rouw om het mogelijke verlies van beminde anderen, het is ook de rouw om het verlies van het eigen bestaan.

Hoe oud ik was toen ik het voor het eerst deed, weet ik niet meer, negen of tien, zoiets. Het was een experiment in mijn hoofd. Het kostte veel moeite en het was spannend, eng en zalig. Het was een tocht die in mijn bed begon en die ik ritueel moest voltrekken, wilde ik uitkomen bij het onvoorstelbare. Eerst de sprong uit het raam van mijn slaapkamer op eenhoog, over de straat richting het bos, waar niemand was. Ik moest doorlopen, verder weg van het bestaan van mijn ouders en broers, weg van mezelf, tot ik de voorstelling kon verdragen van een leegte die mijn hersens pijn deed en me liet zweten van angst en ontzetting.

Ik had me dood gedacht.

Ik had bedacht hoe het zou zijn als niemand nog leefde, en ik ook niet.

De gedachte mocht maar een fractie van een seconde duren, want ze was gevaarlijk. Een doordringende zoemtoon in mijn hoofd riep me een halt toe en bracht me met een machtige, magische worp terug in mijn bed. Daar kon ik huilen van opluchting en blijdschap, omdat het maar iets in mijn hoofd was geweest. Beneden zaten mijn ouders, in de belendende kamers sliepen mijn broers, we ademden, de wereld was veilig en in orde. De beloning voor de tocht naar de dood bestond uit de erop volgende euforische verbijstering die ik ervoer over het hebben van een leven. Na mijn bezoek aan het haast onvoorstelbare niets, leek juist het bezit van een eigen leven me een ondoordringbaar raadsel en was ik zielsgelukkig dat ik het had.

Naarmate ik ouder werd hoefde ik geen afgebakende tocht meer af te leggen naar het spanningsveld tussen droefenis en dankbaarheid, ik vond het in een flits van een seconde. Nog later vond ik het door te drinken en te roken. Er klonk geen zoemtoon meer.

Drinken en roken hebben met die dood te maken, met de voorstelling van de totale verdwijning die onherroepelijk in het verschiet ligt. Het is een voorstelling van verlies die opgeroepen wordt om de verbazing over het bezit van het leven weer te kunnen voelen. Het is een tocht van huiver naar euforie en vice versa. Noem het gelukkige doodsangst, bange levensvreugde, die twee. Het is een eenzame voorstelling en het enige gezelschap dat daarbij draaglijk is, is het gezelschap van een glas en een sigaret. Juist omdat het denken aan de dood niet alleen jezelf betreft, maar ook degenen die je liefhebt, van wie je afhankelijk bent en zij van jou, moeten de vrienden van de feestelijke angst en de wanhopige vreugde onsterfelijk zijn. Johnny Walker loopt nooit weg en voor elke in as gelegde sigaret herrijst een nieuwe. Het zoveelste glas uit dezelfde fles en de zoveelste sigaret uit hetzelfde pakje zijn identiek en onderling inwisselbaar. Het is een eenzijdige afhankelijkheid, want jij houdt van Johnny Walker, maar Johnny houdt gelukkig niet van jou. De objecten van een verslaving zijn te koop, altijd en overal, en met alles wat je koopt, koop je de zwaarte van het moeten liefhebben af. Verslavingen zijn betaalde vriendschap.

In een wederzijdse liefdesverhouding is de ander onvervangbaar, niet te koop, zo menselijk dat hij je kan bedriegen en verlaten of jij hem, en hij is sterfelijk bovendien, net als jij. Het is de last van deze afhankelijkheid en verantwoordelijkheid, van dat schuldig zijn vanaf de geboorte aan de zorg voor het geluk van anderen en van jezelf, die drukt op de alcoholist en de roker.

Afhankelijkheid beschouw ik als het ondergeschoven kindje van de vorige eeuw. Het is een omfloerste en zelfs ontkende menselijke conditie in een eeuw waarin de westerse cultuur vrijheid als het hoogste goed ging prediken. Maar liefde zonder afhankelijkheid bestaat niet. Een gezin waarvan de leden onafhankelijk van elkaar leven, is ondenkbaar. Je kunt geen kinderen geboren laten worden als je niet bereid bent de afhankelijkheid van een levend wezen op je te nemen. De maatschappij is een krioelen van onderling afhankelijke personen. Het is onmogelijk deel uit te maken van een democratische gemeenschap zonder goed te keuren dat anderen afhankelijk zijn van jou, en jij van hen.

Liefde, zorg, bewondering, mededogen en schuld kunnen alleen door verbintenissen opgeroepen worden. Het zijn de ingrediënten van het geluk dat zonder afhankelijkheid niet bestaat. De keerzijde van de medaille is dat je anderen kunt verliezen, door de dood of door een andere scheiding. Op dat moment verlies je de liefde en al het andere wat mooi is en zwaar. De permanente angst voor de dood van de wederkerige liefde is de onafscheidelijke begeleider van het geluk.

Wie de angst voor de dood ontvlucht, loopt het geluk mis.

Wie zich niet schuldig maakt aan het bestaan van anderen, die doet niet mee.

De roes is een tijdelijke ontsnapping aan de schuld van het schiere bestaan.

Alcoholisme is een tijdelijk verdoven van het lijden aan de herinnering, aan het denken over de dood, en aan het gewicht van de taal. Daarom is alcohol de vijand van de schrijver zolang hij schrijft, en is het zijn vriend zodra hij zich onder de mensen begeeft en spreken moet. Dronkenschap bezorgt je een grimmig lef en maakt een te boosaardige of te lieve tong los waarmee je kortstondig het zwijgen doorbreekt, een zwijgen dat je jezelf hebt opgelegd, omdat je bang bent je schuldig te maken aan het ongeluk van een ander.

Waarover je kunt spreken, daarover schrijf je niet.

17 december 2010

Amsterdam is bedekt onder een dikke laag sneeuw. Voor de tweede keer in deze winter. De maand december buigt zich dienstbaar naar de maand februari, alsof de tijd voor hem ligt in plaats van achter hem, al geweest, voorbij. Naadloos plakken ze tegen elkaar, het is een en dezelfde sneeuw, een en dezelfde winter. Op kamer 8 van de verpleegafdeling B6 in het OLVG lig ik tegen hem aan op het smalle ziekenhuisbed. Het is nacht. Hij slaapt. Ik wil niet slapen. Buiten dwarrelen sneeuwvlokken neer. Onder het raam is een plank bevestigd die dienstdoet als tafel. Hij staat vol met boeketten. Ik maak me behoedzaam los uit zijn omarming, kruip onder de infuusslangen vandaan, klim op de plank, open het raam, steek een sigaret op, en kijk om en om naar buiten en naar binnen, naar de vallende sneeuw en de Rembrandttoren in de verte, en naar hem, in dat bed. Ik weet niet of hij aan het sterven is, ik weet het echt niet. Ik zit hoog, ik schuif naar de rand van het venster. Ik denk: voor mij mag dit eeuwig duren.

19 december 2010

Op deze zondagochtend ben ik voor het eerst wakker geworden met heldere fragmenten van een droom over Hans. We zijn gescheiden geplaceerd voor een diner. Hans zit met Olla, de moeder van de dochters, aan een kleine ronde tafel, ik aan een grote ronde tafel met mensen die ik me niet herinner. Hij draagt een lichtgrijs jasje. Vreemd, denk ik, dat je nu net dat jasje uit jouw nalatenschap koos om vanavond aan te trekken voor dit diner. Ik herken het niet. Net als tijdens de staatsbanketten van de koningin proberen we voortdurend elkaars blik te vangen. Bij de koningin reikten we voorovergebogen over de tafel en zwaaiden naar elkaar. Soms zat er wel tien meter tussen. In de droom zitten we dichter bij elkaar. Ik smacht naar Hans, naar zijn lichaam, naar een aanraking. Ik hou het niet meer uit, buig me naar hem toe en met dat ik dat doe, buigt hij zich ook naar mij, kwijnend, smartelijk. Ik raak hem aan en wil alleen nog maar bij hem zijn, dicht bij zijn lichaam, in zijn blik. Olla zegt: 'Doe maar. Ga toch bij Hans zitten.' Ik raak de vingertoppen van zijn hand aan en ril van vertrouwdheid. Ik ril mezelf wakker.

Ik droom dit in de nacht dat Marie op de Herengracht in haar vroegere meisjeskamer slaapt. Ze heeft valium, temazepam, een warmtekussen, en een middel tegen de rugpijn bij zich. Voordat ik haar in bed stop, haal ik het rekverband van haar arm af en rol het op. Overdag is haar arm ingebonden om de zwelling en de zenuwpijn van een lymfeoedeem tegen te gaan. 'Lieve Stief, ik wil bij je komen eten en bij je blijven slapen, is dat goed?' sms'te ze. Ze is bang. 'Ik wist niet dat angst een overtreffende trap had en dat ik nog banger kon zijn dan ik al was.' Een aantal dagen geleden ontdekte ze op haar huid, vlak onder haar linkerschoudergewricht, een vreemd soort uitslag. Voordat we gaan eten laat ze me die plek zien. Het zijn rode puntjes. Het lijkt op eczeem. Ze dacht dat het niks voorstelde, maar toonde de plek voor alle zekerheid toch aan haar oncoloog in het VU-ziekenhuis en aan haar fysiotherapeut. Op hun aanraden is ze er eergisteren mee naar haar chirurg in het AvL gegaan.

'Hij schrok zich rot.'

Sinds ze de schrik op het gezicht van de chirurg zag is ze gealarmeerd. Gisteren is een huidbiopt genomen en maandagochtend krijgt ze om 09.30 uur de uitslag. Maandag is het de vijftiende verjaardag van Noor, haar oudste dochter. 'Ik weet niet hoe ik dit weekeinde moet doorkomen. Mag ik bij jou blijven?'

Als ze tegen vijf uur binnenkomt branden de houtblokken in de open haard. Op het vuur staat een pan met zuurkool in ganzenvet te smoren. Tastend met woorden proberen we ons leven na de dood van haar vader te pakken te krijgen. 'Onder water,' zegt Marie, 'onder een stolp, onder een deken.'

'Onecht,' zeg ik.

Het ongeluk zondert ons af van een wereld die nergens weet van heeft, maar het lukt onszelf ook ternauwernood om de werkelijkheid aan te raken, om grip te krijgen op de tijd, op de verleden en op de toekomende tijd.

'Het is toch onvoorstelbaar dat ik misschien dood zal gaan,' zegt Marie.

Ja, zeg ik, dat het onvoorstelbaar is.

Later op de avond begint Marie over het krantenbericht, waarin aangekondigd wordt dat ik een roman schrijf over haar vader. Het is een vergissing van Mai, leg ik haar uit, om op de vraag van een journaliste of er nog bijzondere boeken uitgegeven worden in het komend jaar, het logboek een roman te noemen. Mai gaat ervan uit dat ik elk genre, ook een genre dat de belofte van de waarheid in zich heeft, transformeer tot roman. Maar dat gaat deze keer niet lukken. Dat ik géén roman schrijf, dat is pas nieuws. Om haar gerust te stellen draai ik weer mijn verhaal af, dat het een kroniek van de rouw is, een logboek, en dat de taal mijn log is, het meetinstrument van het verdriet, dat ik de snelheid ervan probeer te bepalen, mijn plaats in de tijd, dat het natuurlijk over de liefde voor haar vader zal gaan, maar vooral over het zelfverlies dat zijn dood met zich meebracht. Ze zegt dat ik toch niet alles kan opschrijven, dat ik daar vrienden mee schaad. Leken en lezers koesteren een volstrekt ander idee over wat privé is en wat niet dan wij, de schrijvers. De kilte die ik voor een vriendin voelde na de dood van Hans zegt niets naars over haar. Zij was haar aardige, zorgzame zelf. Ik was het die tot een onthutsend inzicht moest komen toen ik – of liever gezegd mijn lichaam – ruw en meedogenloos haar fysieke nabijheid afweerde en van haar geen enkele aanraking verdroeg. Omdat Marie heeft gezegd dat haar leven intellectueel zo schraal wordt, zij zich vernederd en vernauwd voelt tot een patiënt, begin ik over 'Rouw en melancholie' (1915) van Sigmund Freud, en over de ontdekking die ik deed bij het lezen van een passage over de manie en de alcoholroes. Freud verbindt die twee door hetzelfde motief: in de manie wordt de gelegenheid gegrepen, in de roes wordt hij toxisch gecreëerd: het is de kans 'om in één klap een benauwende dwang of een lang volgehouden huichelarij te laten varen'.

Die avond zeg ik tegen Marie dat die ene zin van Freud mij niet alleen een verklaring biedt voor de breuken in mijn leven, maar ook voor de drank en voor het schrijven. 'Het is één pot nat,' zeg ik.

'Maar ik vind jou het tegendeel van huichelachtig,' werpt Marie verbaasd tegen.

'Kun je nagaan hoe goed ik erin ben,' zeg ik.

Marie is goed in vrouwenvriendschappen, ik niet, ik ben het niet gewend om meerdere vriendinnen te hebben, ik oefen er al jaren op. Met mannen weet ik sneller en beter wat ik aan hen en wat ik aan mezelf heb. Met mannen kan ik moeiteloos verschil aanbrengen tussen verschillende vormen van liefde, die voor een broer, een minnaar, een bevriend schrijver, een broerachtige vriend, een hartsvriend. Bij vrouwen kan ik dat niet. Ik heb er geen ervaring mee. Iedereen had altijd vriendinnen, ik had er maar één. En daar ging ik op dezelfde monomane manier mee om als ik later in de liefde deed. Zoals een kind zich los moet maken van de vader en de moeder, zo moest ik me losmaken van een aantal vriendschappen om het enige te kunnen gaan krijgen wat ik van het leven wilde: die ene liefde en dat werk. Het leven dat ik leidde tot mijn vijfendertigste, totdat mijn eerste roman verscheen en ik even later de man ontmoette van ik wie durfde te houden, dat leven met een hartsvriendin, een hartsvriend, en met verschillende minnaars, was een oefening in de liefde, een prelude op wat komen moest. Het leek op liefde, maar was het niet. Tot mijn vijfendertigste bereidde ik me voor op het leven waarnaar ik verlangde.

Zodra die liefde er was, verdroeg ik er geen onvolmaakte liefde naast. Ik moest van een vriendin en een vriend scheiden, niet omdat ik te weinig maar omdat ik te veel van ze hield. De trouw aan hen, de aanhankelijkheid, het geschenk van de gedeelde tijd, en de toewijding aan de vriendschap, moest aan hen onttrokken worden. Bij hen blijven had van mij een bigamist gemaakt. Dat ik zonder een al te vinnig schuldgevoel uit de levens van anderen kon wegglijden, kwam omdat ik me alleen verbond aan iemand die al iemand had, een man, een vrouw, een kind, iemand die belangrijker was dan ik. In alle vriendschappen beschouwde ik mijzelf als het vijfde rad aan de wagen, overbodig, als het moest.

Pas na de dood van de eerste liefde in mijn leven merk ik dat ik niet goed weet hoe ik vriendinnen moet hebben. Behalve dat ik er geen ervaring mee heb, ben ik in vriendschappen met vrouwen banger, schuchterder en onhandiger dan in mannenvriendschappen. Bij de meeste vrouwen die ik ontmoet heb ik de neiging te overdrijven en te draaien. Ik word voortgestuwd door het verlangen hen sterker te maken, hun zelfvertrouwen te vergroten. Ik ben bang dat ze mijn waarheid niet verdragen. De dood is zo'n klap die aan de inspanning en de afkeer van het draaien en mijden een einde kan maken.

In de loop van de zondagochtend komt Marie naar onze slaapkamer en kruipt naast me in bed. Voordat ik naar beneden ga om een ontbijt voor ons te maken, schud ik de kussens op zodat ze kan zitten zonder de pijn in haar rug te voelen. In de keuken maak ik hetzelfde ontbijt voor haar zoals haar vader dat voor mij maakte. Het koffiezetten, eieren koken, sinaasappels uitpersen, boterhammen roosteren en smeren maakt me droevig en smachtend. Als ik even later het dienblad tussen ons in zet en opbiecht hoe weemoedig het me stemt eenzelfde ontbijt als dat van Hans te maken, schiet ze vol. 'Kom maar hier,' zegt ze, 'dan krijg je een kus op je mini-bol.'

20 december 2010

Marie gaat dood. Uitzaaiingen. Huid, bot, klieren.

31 december 1998

Vijf dagen geleden bracht ik hem naar Schiphol. In de hal wordt hij opgewacht door Marie, Herman en de kinderen. Noor is net drie geworden, Pien is een baby van vier maanden. Marie is kaal van een chemokuur tegen non-hodgkin. Ze draagt een muts op haar hoofd. Ze vliegen naar een Club

Med op Tenerife. Morgen vlieg ik naar ze toe, op de eerste dag van het nieuwe jaar. Oudejaarsavond breng ik door bij Jeroen Henneman en Caroline Krouwels. Rond halfeen gaat de telefoon. Hij heeft al die tijd in een lange rij voor de receptie gestaan. 'Ze was zo lang dat je je afvroeg of ze elkaar nog voor dezelfde jaargang gelukwensten.' Hij vertelt hoe alle gasten van de Club Med om twaalf uur een ballon oplieten waaraan ze een kaartje hingen met daarop hun wens voor het nieuwe jaar. 'De kanker eruit en Connie erin,' had hij op het kaartje geschreven.

31 december 2010

Vanaf de aangekondigde dood van Marie heeft de tijd zich dubbelgevouwen. Dit onbarmhartige jaar gaat zich niks aantrekken van het kalenderjaar. Het spot met de data en laat zich niet opsluiten tussen 11 maart 2010 en 11 maart 2011. Vanaf 20 december 2010 zit het verleden met Hans als een verslagen hond ineengedoken in een hoek en houdt zijn adem in. Het wacht tot het er weer mag zijn. 'Ik mis pap verschrikkelijk, maar ik ben blij dat hij dit niet hoeft mee te maken,' zegt Marie, 'dit had hij niet overleefd.'

Ik weet dat het waar is.

En toch.

Door het lot van Marie *mag* ik hem niet langer missen, moet ik me niet alleen verzoenen met een dood die ik in zekere zin nog niet heb meegemaakt, maar moet ik er ook nog eens blij mee zijn, dankbaar dat hij dit niet hoeft mee te maken. Erkentelijk zijn voor zijn dood, ik kan het niet opbrengen. Het conflict tussen het moeten en mogen, tussen grootmoedigheid en eenzaamheid, maakt me ziedend.

Vanaf 20 december 2010 heb ik geen idee meer van de tijd, van de data. De tegenwoordige doet een beroep op me, en verdringt de verleden tijd waarin ik leef. Ik raak ervan in de war. Is dit nog 2010? Duurt het nog drie maanden voordat hij voor het eerst opnieuw sterft?

Vanaf 20 december voeg ik overal in het logboek achter de data het jaartal in. De getallen moeten me helpen de tijd te ontwarren. Het log hangt niet alleen nog in een heden dat vooral verleden is, maar ook in de voorstelling van een toekomende tijd, hoe het voor Marie is om te weten dat ze al veel voor het laatst heeft meegemaakt zonder dat toen zeker te weten.

Ik puzzel al dagen op de cryptofilippine in *de Volkskrant* van 24 december. Vandaag begin ik in de gaten te krijgen dat de oplossing een citaat van Harry Mulisch gaat opleveren: 'Sommige vragen zijn zo goed dat het jammer zou zijn ze met een antwoord te verknoeien.' Op het moment dat de uitspraak van Harry zich begint te vormen en ik hem herken, leg ik de puzzel weg. Ik hoor het Hans zeggen, ik zie de gelaten glimlach waarmee hij dat doet.

'Kun je het nog een keer aan?' vraag ik hem op zondagochtend 7 maart 2010, vier dagen voor zijn dood. 'Nog een keer op de ic aan de beademing, nog een keer dialyse? Misschien nog een keer een wonder?' Hij kijkt me hulpeloos aan, hij peilt mijn gedachten. Ik zie aan zijn blik dat hij niet meer weet of hij nog iets kan willen, dat hij alleen maar wil doen wat ik wil, waarnaar hij meent dat ik verlang. 'De vraag is te mooi om hem met een antwoord te bederven,' zegt hij zacht.

In de oudejaarspuzzel heeft Jan Meulendijks de doden van 2010 verwerkt. Verticaal 1 '11 maart: minister van Staat en lid van de Herenclub (3,6)'. De a uit 'van' vormt het begin van Antonie Kamerling op 8 horizontaal en de M van Mierlo is het begin van de achternaam die 10 horizontaal moet komen: '30 oktober: een van de Grote Drie en lid van de Herenclub'.

Ik maak die puzzel. Ik weef de namen van doden ineen: Bibeb, Jan Blokker, Harry Mulisch, Antonie Kamerling. Alsof ik in een andere vorm aan het logboek werk, daar doet het me aan denken.

Sinds Marie met haar aangekondigde dood moet leven heb ik me teruggetrokken. Het kost me moeite onder de mensen te zijn. De wereld weet van niets. Oudejaarsavond breng ik alleen door, voor de open haard, met een fles rode wijn en een pakje Marlboro. Verlangend naar haar stem bel ik om halftwaalf mijn moeder. Al pratend houden we elkaar vast totdat het twaalf uur is. We tellen samen de laatste seconden van het jaar weg.

Vijf, vier, drie, twee, een.

'Gelukkig Nieuwjaar, kind.'

'Gelukkig Nieuwjaar, mama.'

'Och, wat was dat een fijn gesprek,' zegt mijn moeder.

2 januari 2011

Marie heeft tot nu toe voor het merendeel van haar vrienden verzwegen dat ze zal gaan sterven. Iedereen die wel is ingewijd in het onthutsende geheim, heeft ze verzocht er met niemand over te praten. In een uitgebreide mail heft ze vandaag het zware embargo op. Bang om anderen te laten schrikken, schrijft ze zo laconiek mogelijk dat ze dood zal gaan. Dat het een slecht teken is, zodra dokters het hebben over de kwaliteit van leven, maar dat ze er wel alles aan gaan doen haar nog zo veel mogelijk tijd te geven. 'Maar op een gegeven moment is het gewoon op. Punt,' schrijft ze.

> Ik ben er heel erg verdrietig over, boos natuurlijk en ook bang. Het is ook heel erg raar. Dood? Na dit jaar? Ik? Soms is het ook een beetje spannend. Hoe zal dat gaan, wanneer dan, hoe? Het is vind ik ook heel vernederend, schaamtevol. Dat er (weer) iets met me is, dat iedereen me zielig vindt. Ook dat jullie doorgaan, dat alles doorgaat. Dat ik mensen plannen hoor maken, feestjes en reisjes zie hebben, plezier maken. Terwijl ze weten, of niet, dat ik gewoon... Het is een enorme confrontatie met van alles. Bv dus met je nederig voelen (of zoiets, vind het nog niet echt iets voor mij); O... nee, natuurlijk: de wereld draait in het geheel niet om mij. Het is een oefening in aanvaarding: ik kan hier niet meer omheen. Heel soms is er een gevoel van opluchting: nu hoef ik niet meer bang te zijn voor uitzaaiingen. Niet meer te leven met die afgrijselijke onzekerheid. Bovenal voel ik geloof ik toch een soort verbijstering. Dat dit echt aan het gebeuren is. Is nog even wennen.

Het is ook heel simpel en dat overviel me op zich niet: ik denk vooral aan de meisjes. Ik wilde tegen de dokters (je krijgt er 2 bij een echt slecht nieuws gesprek!) krijsen maar dit kan helemaal niet godverdomme. Ik moet nog heel veel huiswerk nakijken en balletvoorstellingen bezoeken en meisjes in bed stoppen en paracetamollen geven bij groeipijn. Ik moet met duffe bloemen die ze meteen vergeten in een aula het eindexamen van ze meemaken (met een stomme grijns op mijn gezicht). En een kleinkind vasthouden had ik ook nog zullen doen. Ik kan helemaal niet dood want ik heb Noor en Pien; de allerliefste meisjes van de hele wereld per ongeluk en dit is een gruwelijke vergissing. De dokters vonden het ook heel erg. Maar, nou ja, het was geen vergissing.

3 januari 2011

De Ivory Press in Madrid heeft een tijdschrift in boekvorm over contemporaine fotografie gelanceerd. De redactie bestaat uit directeuren en conservatoren van verschillende musea in Europa. Voor de eerste uitgave van *CPhoto* schreef Hans Magnus Enzensberger een inleidend essay, voor de tweede ben ik gevraagd, op voorspraak van dr. Tobia Bezzola, curator van het Kunsthaus in Zürich. Ik heb de opdracht aangenomen. De aantekeningen die ik tot dusverre heb gemaakt gaan over de aangekondigde dood van Marie, en zijn notities voor het essay dat ik wil schrijven.

Het eerste wat me te binnen schoot toen ik ging nadenken over het essay, was de foto die Annie Leibovitz nam van de opgebaarde Susan Sontag, haar geliefde in de laatste vijftien jaar van Sontags leven. De publicatie van die foto heeft beroering teweeggebracht, het ethische gekrakeel over de grenzen tussen privé en publiek. Een begrijpelijke discussie, daar niet van, zeker als de gefotografeerde weerloos is door een ziekte als alzheimer of door de dood. In *Kijken naar de pijn van anderen* (2003), een van de twee boeken die Sontag over fotografie schreef, beschouwt ze de stilstaande foto als de bouwsteen van het geheugen. Nu ik van het geheugen leef en een herinnerd verleden als een overaanhankelijke hond de hele dag meedribbelt met alles wat ik meemaak, doe of zeg, is mijn ervaring anders. Het geheugen bedient zich eerder van ultrakorte filmfragmenten, zoals ik ze vaak op mijn camera aantrof toen ik meende een foto te maken, maar per ongeluk de videomodus had ingedrukt. In mijn map afbeeldingen ben ik op zoek gegaan naar deze flinters vastgelegde tijd en heb de seconden eindeloos opnieuw afgespeeld. Ze hebben hetzelfde effect op me als zijn handschrift, ze verlengen de duur waarin hij leefde, ze vergroten de omvang van mijn tijd, alsof die daardoor ruimtelijk wordt, iets wat me kan herbergen.

Het schrijven van het essay doet me weer binnen een structuur denken. Het genot dat daarvan uitgaat, de beteugeling van de vorm en het genre, de ellips.

De foto en de dood, of ik hou van snapshots

Het is de zomer van 2010. Ik ben in Frankrijk, in het huis van een vriend. Voor het twaalfde jaar op rij breng ik hier dat genadeloze seizoen door, maar dit keer voor het eerst zonder man, mijn prachtige man. Hij ging dood op 11 maart om acht uur 's avonds op de intensivecareafdeling van een Amsterdams ziekenhuis, een aantal uren nadat ik tegen de artsen had gezegd dat het genoeg was geweest en ze hem van de beademingsapparatuur af moesten halen. Het was alsof iemand anders dan ik dat zei, ik kon niet geloven dat het woord uit mijn mond kwam, dat ik degene was die ik het uitsprak.

'Genoeg,' zeg ik, 'genoeg.'

Tijdens de laatste uren van zijn leven ben ik tegen hem aan gaan liggen, heb zijn rechterarm om me heen geslagen, mijn hoofd in de holte van zijn oksel genesteld, mijn armen om zijn tors geklemd, mijn been om zijn been gewonden. Zoals altijd. Uren lag ik zo. Ik kan me niet herinneren dat ik iets dacht. Ik luisterde naar zijn ademhaling, naar zijn hart, warmde me aan de warmte van zijn huid. Nog. Een enkele keer hoorde ik het klikken van een fotocamera, of misschien was het een mobiele telefoon. Ik weet niet wie van de aanwezige kinderen aan het voeteneind van het bed stond en foto's van ons nam. Er was niets wat mij uit de cocon van de laatste uren kon halen, wat me kon afleiden van wat ik daar deed, met hem in mijn armen. Maar ik hoorde die klikken en zoals altijd wanneer iemand ons ongevraagd fotografeerde zal het een ambivalente ervaring zijn geweest, een waarin huiver en trots elkaar omhelzen. We werden beroofd en bewaard. Pas maanden na zijn dood vroeg ik aan een van de dochters of zij het was die tijdens de laatste uren van zijn leven foto's van ons nam. Ze zei dat ze op een oud mobieltje stonden, eentje dat ze niet langer gebruikte. Mijn eerste reactie was er een van paniek. Of ze daar nog steeds in zaten en uit gehaald konden worden, vroeg ik.

Net als thuis in Amsterdam breng ik in Frankrijk de eerste uren van de dag in ons bed door. Zolang ik alleen en onaangekleed blijf, hoef ik niet mee te draaien op de carrousel van het dagelijkse leven. In hurkzit, met de laptop voor me, klik ik zijn naam in op Google en ga naar de afbeeldingen. Behalve uitzonderlijk mooi, was mijn man een geliefd en befaamd staatsman. In 1966 richtte hij een sociaal-liberale partij op, was minister van Buitenlandse Zaken en vicepremier, minister van Defensie en minister van Staat tot aan zijn dood. Hij werd de Kennedy van de Lage Landen genoemd, iets wat eerder te maken moet hebben met het jeugdige elan van beide mannen dan met een fysieke gelijkenis. Mijn man was verlegener, verwoester, knapper. Hij noemde zichzelf een straathond met manieren.

Vanaf het moment dat ik de massale hoeveelheid foto's op internet ontdek, laaf ik me elke ochtend urenlang aan zijn gezicht. Ik kan mijn ogen niet van hem afhouden. Omdat het me ontbreekt aan de kennis en handigheid van de doorgewinterde internetgebruiker, beland ik per toeval op de site van een paparazzo. Met het geluid van de cigales op de achtergrond zit ik van het ene op het andere moment midden in mijn schrijnend kortgeleden verleden en bekijk de uitgebreide fotocollage van de dag waarop de doodskist uit het grachtenhuis werd gedragen. Op 17 maart 2010, de dag voor zijn officiële begrafenis, moest ik afstand doen van een lijk waaraan ik van lieverlede gehecht was geraakt. Omdat ik van hem hield en niks anders meer had om mijn liefde aan kwijt te raken.

Op die dag waren de drie kinderen er, het geliefde schoonzusje uit Rome, de favoriete neef, de secretaresse. We zouden hem samen wegbrengen, te voet achter de lijkwagen met de kist, naar een voormalige schuilkerk op de Keizersgracht, een paar honderd meter bij ons huis vandaan. Daar zou het publiek de kans hebben een laatste groet te brengen aan de man in de gesloten kist, een man van wie niemand dacht dat hij kon sterven omdat de dood nooit bij hem was gaan horen. Alleen een uitvergroot zwart-witportret, waarop hij de langstrekkende belangstellenden enigszins verwonderd aankijkt, zou hun de zekerheid geven dat ze niet bedrogen werden, en dat het echt was gebeurd, dat de doodskist en de foto bij elkaar hoorden.

Van die donkere seconden in mijn leven, de kortstondige overgang van binnen naar buiten, dat ene moment waarop de kist over de drempel van het huis wordt gedragen, het huis waarin hij tweeënveertig jaar had geleefd en waarin hij de afgelopen zes dagen dood lag opgebaard, had ik nooit beelden gezien. Ik weet niet eens of ze in mijn eigen geheugen lagen opgeslagen. Ze zaten in elk geval niet in mijn hoofd vanuit het perspectief van de fotograaf, die aan de overkant van de Herengracht moet hebben gestaan, verscholen achter een boom of een geparkeerde auto, om met een telelens een fractie van mijn tijd te vangen. Wat ik in mijn hoofd had was iets wat je niet kon zien omdat je het zou moeten horen, hoe binnen de klanken wegstierven van Charles Trenet, die met een van pathos overslaande stem het laatste woord van 'La Mer' eerder uitschreeuwt dan zingt: *la vie*.

Dat er foto's waren gemaakt wist ik. De volgende dag sierden ze de voorpagina van een aantal kranten. Ik, alleen. Blik op kist gefixeerd. Eenzaam, duidelijk. Een ander dagblad had een kunstzinnige, eentje waarin mijn veertien jaar oudere schoonzusje een arm om me heen heeft geslagen, haar gezicht troostend tegen het mijne aan gevlijd, samen weerspiegeld en omlijst door de achterruit van de lijkwagen. We lijken even oud. Het was niet de schok van het gezien zijn die me even in alle staten bracht, het was de sequentie, de verhalende hoeveelheid, die me verbijsterde. De filmische opeenvolging, stap voor stap, de kist halverwege de drempel, de inspanning van de zes mannen die hem het trapportaal af dragen, de van verdriet kromgetrokken lichamen van ons, zijn naasten, in eindeloze close-ups mijn door de pijn aangevreten gezicht, in optocht achter de lijkwagen over de grachten, hand in hand met de oudste dochter die een pruik draagt omdat ze kaal is van de chemo, de kinderwagen met het pasgeboren kleinkind, voortgeduwd door de jongste dochter, hun Jackie Kennedy-achtige zonnebrillen, historische beeldiconen van een andere beroemde begrafenis. Onverwacht maakten de afbeeldingen me getuige van de heimelijke getuigenis van iemand anders. Beroofd en bewaard. Als ik 's middags een vriendin in Amsterdam bel en haar op de hoogte stel van de vondst op internet, reageert ze verontwaardigd. Dat ze ons zelfs op zo'n intiem moment niet met rust konden laten. Als ik haar uitleg waarom ik het feuilleton van ons verdriet niet had willen missen, ebt haar woede weg.

In de zes dagen daarvoor had ik in huis tientallen foto's genomen van mijn opgebaarde man, tot op het laatst, voordat ik het deksel op de kist schroefde en hem daarmee aan mijn blik onttrok. Het nooit meer van de dood begint pas echt als je iemand niet langer kunt zien, als er geen beelden meer toegevoegd kunnen worden aan je herinnering, zelfs als het de beelden zijn van een dode. In 2006 publiceert Annie Leibovitz de foto's die ze nam van het opgebaarde lichaam van haar geliefde, Susan Sontag. Twee jaar later beschuldigt Sontags zoon, David Rieff, in zijn uitgegeven herinneringen aan haar sterven, de fotografe ervan zijn moeder met het naar buiten brengen van deze 'spektakelfoto's van een beroemde dode' postuum te hebben vernederd. Maar het verlangen van Leibovitz om de foto's te maken en te openbaren, komt voort uit dezelfde bron als het verlangen van de zoon om het sterfbed van zijn moeder te beschrijven en te publiceren. Het genre van de memoires is het snapshot van de literatuur.

De essentie van roem is dat de kloof tussen binnen en buiten, en tussen privé en publiek, groter wordt dan bij anderen. Roem leert je hoe gemakkelijk je in de ogen van anderen verandert in een voorwerp, een ding, ontdaan van menselijkheid en daarom een object voor onteigening. De taal waarmee het werk van de paparazzi wordt omschreven, verraadt een aan de fotografie wezenseigen gewelddadigheid. De paparazzo is een jager, de beroemdheid zijn prooi. De jacht is er niet eens een op de beeltenis pur sang, maar op een foto die choqueert en geheimen onthult. Om gesnapt te kunnen worden moet de prooi zich ongezien wanen, alleen dan geeft hij zijn ware wezen prijs. Zonder het bewustzijn van de blik van de buitenwereld draagt de beroemdheid niet de schutkleur van zijn theatrale hypocrisie en komt zijn echte aard aan het licht. Krabbend, gapend, scheldend, huilend, overspelig, naakt. Zodra een publiek persoon de straat op gaat en het openbare domein betreedt, is hij vogelvrij. Steeds ligt daar de mogelijkheid op de loer dat hij wordt betrapt, onthuld, lamgelegd, gevangen, gesnapt, geschoten. In het gunstigste geval schiet de jager met de losse flodders van het woord of met die van het licht. Terwijl de fotografen zelf steeds meer werden ontmanteld als bedrieglijke manipulators van het beeld, als regisseurs van een toneelstuk dat als werkelijkheid wordt verkocht, blijven de paparazzi met hun snapshots teren op wat ook van oudsher een wezenskenmerk van de fotografie is: de belofte van de waarheid. De foto is een getuigenis van wat heeft bestaan, een seconde, een dag, een eeuw geleden. Vanaf het klikken van de camera is de werkelijkheid een met licht bewaarde verleden tijd. Roland Barthes bestempelde de dood als de aard (*eidos*) van de fotografie en het vastleggen van 'het-was-er' als haar wezen (*noeem*). Het is de paradox van de fotografie dat ze vereeuwigt wat leeft en dat de eeuwigheid het niet zonder de dood kan stellen.

Ik hou van het snapshot juist omdat het geen kunst is, omdat het nemen ervan gedreven wordt door dat onmogelijke: de werkelijkheid vangen, de tijd stilzetten, het moment tegen het verdwijnen behoeden, iemand bij je houden, voor altijd. In tegenstelling tot de kunst, die per definitie – want dat is haar essentie – persoonlijk is, de onthulling van de binnenwereld van de maker in plaats van de onthulling van een in de werkelijkheid aangetroffen object, wordt de fotograaf van snapshots gedreven door het meelijwekkende en ontroerende verzet tegen de vergankelijkheid, tegen het afscheid, tegen de dood. Zelfs de paparazzo die, ongetwijfeld door meedogenlozere motieven gedreven, foto's maakte van de dag waarop ik mijn man weer aan de wereld moest prijsgeven, heeft voor mij de tijd bewaard. Vier maanden na hem stierf onverwacht het geliefde schoonzusje in haar appartement in Rome. De foto's van 17 maart 2010 zijn de laatste waarop ik haar levend zag. Op een ervan hangt ze buiten over de reling van het trapportaal. Ze waant zich ongezien. Ze huilt.

Als begeleidende foto stel ik de foto van Annie Leibovitz voor, de aan elkaar geplakte snapshots van het dode lichaam van Susan Sontag. In de loop van de hierop volgende weken blijkt dat Leibovitz onder geen enkele voorwaarde de rechten van de foto vrijgeeft omdat ze een herhaalde publicatie wil voorkomen. Isabel Ozores, met wie ik het contact over het essay onderhoud, stuurt als suggestie de beroemde foto van Eugene Smith. Ik laat haar weten dat ik hem prachtig vind, maar ongeschikt als begeleidende foto bij het essay. Ze suggereert dat bij een zo persoonlijk essay als het mijne een van de foto's die ik maakte van mijn opgebaarde man goed zou passen, of anders de foto die een van zijn dochters maakte tijdens het sterven. Misschien een foto uit de reeks van de paparazzo die een feuilleton maakte van de 17de maart of de foto die in de krant stond, de kunstzinnige? Mocht dat geen keuze zijn, dan oppert ze een foto te nemen die Nan Goldin nam van haar dode vriendin Cookie.

Met Cookie kan ik leven, schrijf ik terug, maar de foto's van mijn man hou ik voor mezelf. Ik schrijf haar niet dat Marie op haar oude mobiel de foto's zocht die ze van haar vader en mij maakte op de ic, maar dat de simkaart vernietigd is door een val in het bad. En de foto's dus ook.

26 januari 2010

Vandaag beginnen de laatste 45 dagen van zijn leven. Vanochtend breng ik hem weg naar het Onze Lieve Vrouwe Gasthuis. Ik weet niet dat ik hem nooit meer mee terug neem. Vanochtend kijkt hij om zich heen, kijkt hij naar zijn huis. Hij weet niet dat hij het nooit meer zal terugzien. Ik weet niet of hij het vermoedt. Vandaag is het is de eerste dag van zes weken en twee dagen waarin ik al na de eerste opnamedag opeens een doodzieke man heb, me wordt gezegd dat het voorbij is, dat hij zal sterven, waarin hij op de tweede dag delirant wordt, en ik vanaf dat moment dag en nacht bij hem blijf, twaalf dagen en nachten lang, wanhopig gelukkig met elke minuut die we samen doorbrengen. Vandaag beginnen de zes weken waarin hij twee keer op de intensive care aan de beademing komt te liggen, waarvan er een keer het wonder gebeurt van een herstel, en hij bij de tweede opname op de ic in de kamer waarin hij gelegd is, sterft.

Hij is verschrikkelijk moe. En benauwd. 'Het is alsof mijn lichaam me in de steek laat,' zegt hij, 'ik ben de regie kwijt.' In overleg met zijn artsen zal hij een paar dagen opgenomen worden in het OLVG, ter observatie. We verbergen voor elkaar dat het ons verontrust, dat we bang zijn. Omdat het een dinsdag is en hij op maandagavond met de Herenclub eet en ik dan op de Prinsengracht slaap, haal ik hem in de ochtend op. Hij zit op de bank. Hij staat niet op. Hij kan niet meer. Zie ik het of ben ik blind voor hoe melancholisch zijn blik is, hoe rustig en bedroefd hij me aankijkt? Hij peilt of we hetzelfde voorgevoel hebben. Niks ervan, ik weiger. Nee, nee, nee. Het vermoeden dat ik heb wil ik met alle geweld *níet* hebben. Ik wil niet dat hij zo naar me kijkt, ik wil niet zien wat ik zie. Daarom reageer ik wrevelig als hij zegt dat we eerst langs het Lucasziekenhuis gaan, dat hij nog een afspraak heeft gemaakt met dr. De Vries, zijn kno-arts, om zijn oren uit te laten spuiten. 'Dat is helemaal van de ene kant van de stad naar de andere,' jammer ik.

Ik weet zeker dat ik negeer hoe meewarig hij me aankijkt, en ik weet ook zeker dat ik de ontzetting op het gezicht van dr. De Vries negeer als ik Hans in een rolstoel zijn behandelkamer binnenrijd en hij hem voor het eerst sinds maanden weer ziet. Omdat ik niet wil meemaken wat ik aan het meemaken ben, omdat ik het allemaal niet wil weten, verraadt mijn lichaam me en barst ik in tranen uit als blijkt dat ik bij het verlaten van het ziekenhuisterrein geen uitrijticket heb. We staan voor de weigerachtige slagboom. Hans houdt me vast. Ik ben totaal van de kaart en ontroostbaar.

27 januari 2010

Hij ligt in kamer 9 op de afdeling B6. Het stelt me gerust dat de kamer aan de verplegerspost grenst. Eén keer flink krijsen en ze horen me, denk ik. Vandaag doen ze de bloedonderzoeken, maken een hartfilm, dat werk. Morgen staat een CT-scan en voor vrijdag een leverbiopsie gepland. Hans dommelt steeds weg. Ik zit naast hem en ik kijk naar hem. Ik ben tot niets anders in staat dan naar hem te kijken. In zijn halfslaap mompelt hij: 'Gratieverzoek afgewezen.'

27 januari 2011

'Con, ik weet niet hoe ik thuis moet komen,' zegt Marie aan de telefoon, 'ik ben te benauwd, ik kan geen stap meer verzetten.' Ze heeft Jack, de labradoedel, uitgelaten en staat met hem op de hoek van de Amstelveenseweg. Taxi's nemen geen honden mee en verder lopen gaat niet meer. 'Kun je me naar huis brengen?'

28 januari 2010

Hij lacht me stralend toe en zegt: 'Hé, lieverd', als ik in de ochtend de kamer binnenkom, maar er is iets in vreemds in zijn blik. Het duurt even voordat ik weet dat ik die eerder heb gezien, een blik waarmee hij me wel ziet en ook niet. Ik herken hem omdat hij me twee keer eerder zo aankeek: een keer nadat hij ontwaakte op de ic in het Dijkzigtziekenhuis in Rotterdam na de levertransplantatie op 21 mei 2000, en een keer in de verkoeverkamer van het Bronovo in Den Haag, na de heupoperatie op 21 oktober 2008.

Het is het begin van een delier. In de werkelijkheid waarin hij zich bevindt kom ik niet kamer 9 op afdeling B6 van het OLVG binnen, maar zijn we in een andere ruimte, een vertrouwdere. 'We moeten gaan,' zegt hij, 'anders komen we te laat.' Hij wil opstaan en pulkt aan het infuus met vocht dat ze gisteren hebben aangebracht. 'Wacht even,' zeg ik. Ik trek mijn jas en schoenen uit, ga naast hem liggen in het smalle ziekenhuisbed en hou hem vast. 'Tijd zat,' zeg ik.

28 januari 2011

Om 11 uur in de ochtend haal ik Marie met de auto op in haar huis in de Michelangelostraat. Ze heeft het thoraxteam van het AvL gebeld en kan vandaag langskomen voor een punctie. 'Ga je met me mee?' vraagt ze. 'Is het toch een beetje alsof pap ook bij me is.' Midden in de zin hapt ze een paar keer naar lucht. In haar rechterlong is twee weken geleden een permanente thoraxdrain geplaatst. Door middel van de punctie wordt vandaag de linkerlong ontlast, zodat ze gemakkelijker kan ademhalen. Genezing is uitgesloten, maar ze reageert goed op een chemomiddel dat haar uitstel van executie kan geven. In haar botten en klieren slinken de tumoren. De longen doen nog niet mee en herstellen zich het traagst. Ze wordt behandeld door Rogier, een jonge arts op wie we van meet af aan gesteld zijn geraakt. Als hij op een Woody Allenachtige manier zijn tekortkomingen becommentarieert, kijken Marie en ik elkaar aan, en dan lachen we.

29 januari 2010

De verplegers hebben gisteravond een laag bed naast het zijne geschoven. Ik heb er niet in geslapen. Vanaf het moment dat de verlichting in het ziekenhuis werd gedempt, nam zijn verwarring toe. Hij zat kaarsrecht in bed en sprak Engels. Ik ben bij hem in bed gekropen en hield hem vast. Het was alsof ik er niet was. Hij heeft urenlang vol vuur denkbeeldige anderen toegesproken en viel pas tegen de ochtend in slaap. Als de deur van de ziekenkamer opengaat en een van de verplegers een ontbijt voor twee personen komt brengen, gebaar ik hem stil te zijn.

'Waar was je?' vraag ik als hij toch wakker wordt.

'Ik moest de troepen in Afghanistan toespreken,' zegt hij. 'Maar het was verschrikkelijk.'

'Wat?'

'Dat ik me zo moeilijk verstaanbaar kan maken, dat ik niet meer kan praten.'

'Ik denk dat de boodschap wel is overgekomen,' zeg ik.

'Denk je dat echt?' vraagt hij wantrouwend.

'Ik vond het glashelder.'

'Gelukkig,' zegt hij tevreden.

De leverbiopsie die voor vandaag gepland staat, gaat niet door. De conditie van Hans laat een dergelijke risicovolle ingreep niet toe. In de namiddag komt de internist onze kamer binnen. Hans slaapt. De dokter zegt fluisterend dat de situatie van mijn man zeer ernstig is, dat ze niets meer voor hem kunnen doen. Mocht de toestand van Hans verslechteren, dan zullen ze afzien van een opname op de intensive care. Het heeft geen zin, hij is niet meer te redden.

'Maar wat is er dan aan de hand?' huil ik. 'We komen voor wat onderzoeken en twee dagen later vertelt u me dat hij doodgaat. Dat kan niet. Waaraan in godsnaam?'

Ik ben te gechoqueerd om goed te luisteren. Het enige woord dat ik versta is: multi-orgaandisfunctie.

30 januari 2010

Het is nacht. Hij zit rechtop in bed en spreekt het D66-congres toe. Hij gesticuleert en probeert zijn partijgenoten te overtuigen van zijn standpunt. Na zijn toespraak volgt de stemming van het congres. Hij kijkt naar links en naar rechts en bekijkt de opgestoken handen in de zaal. 'Ik dank u allen hartelijk voor uw vertrouwen,' zegt hij. Hij vindt het niet gek dat hij door mij vastgehouden wordt. Het enige wat hij vreemd vindt zijn de infuusslangen die hem hinderen wanneer hij zijn armen in de lucht tilt, en het zuurstofslangetje in zijn neus, waarmee hij er op een podium wel raar moet uitzien. Hij trekt het telkens los en schuift het op zijn voorhoofd. Ik haal het telkens naar beneden en zet het terug.

In de ochtend komt de internist langs. Hoewel het licht in de loop van de dag de sluiers van de hallucinaties verscheurt en het delier op de vlucht jaagt, is Hans vanochtend nog steeds verward. Hij begroet de internist beleefd, geeft hem een hand, wil wat welgevormde zinnen zeggen, maar merkt dat hem dat niet lukt. Hij schudt gefrustreerd zijn hoofd en laat zich terugzakken in de kussens. Ik kan het geen huilen meer noemen wat ik doe, het is eerder overlopen. 'Het is moeilijk, hè, om iemand te moeten laten gaan,' zegt de internist begripvol. Ik knik. Pas als hij de kamer uit gelopen is, herstel ik me. Ik zit nog bij Hans op bed, maar stap er nu uit. Op blote voeten, in mijn pyjama, hol ik de gang op, de internist achterna. 'Let op Hans!' roep ik tegen een van de verplegers. De internist draait zich verbaasd om als ik hem aanklamp. Ik zeg tegen hem dat hij en zijn team Hans wel kunnen opgeven, maar dat ik hem niet wil opgeven. Dat ik te gemakkelijk ben meegegaan in hun beslissing om af te zien van intensive care bij een verslechterde conditie, en dat ik daarop terugkom, dat ik wel intensive care wil, dat ik wil dat ze er alles aan doen om hem te redden. 'Jullie weten niet eens wat er aan de hand is,' huil ik. 'U heeft gelijk,' zegt hij, 'ik zal het vanmiddag met de ic opnemen.'

31 januari 2010

'Ben je bang?' vraag ik.
'Ja.'
'Dat je doodgaat?'
'Ja. Jij toch ook?'
'Ja.'

Het gesprek dat we 's nachts hebben lijkt op een gewoon gesprek, een dat we zouden kunnen voeren in een nacht waarin we het heerlijk vinden om niet te gaan slapen, maar tot diep in de ochtend door te gaan met elkaar te vertellen wat ons bezighoudt. 'Weet je dat de argumentatie van Ischa's gelijk zorgvuldig is voorbereid?' vraagt hij. Ik vraag welk gelijk. 'Daarvoor moet je het verhaal kennen dat eraan voorafgaat,' zegt hij, en hij begint over de relatie tussen de doden en de overlevenden. Dan zegt hij: 'Je zou de film moeten zien om de bewijzen te kennen van mijn liefde voor jou.' Ik zeg dat hij me die allang bewezen heeft, die liefde. Ja, zegt hij, dat hij dat weet, maar dat het nu om een soort kennis gaat die onomstotelijk is, zó overtuigend, dat alleen die film dat kan bewijzen. 'Dat je zo met Ischa bezig bent,' zeg ik droevig en schuldbewust, 'dat is toch geen partij voor jou.' 'O jawel,' reageert hij verbaasd en ongelovig.

1 februari 2010

'Ik voel me ongelooflijk bevoorrecht dat ik niet hoef mee te maken wat jij straks zal meemaken, maar tegelijkertijd ben ik jaloers op iedereen die nog vijftien of twintig jaar mag leven.'

1 februari 2011

In de kluis liggen de overige dagboeken die hij schreef voor mijn tijd. De kinderen kunnen het nog niet aan dat ze door iemand gelezen worden. Mijn zucht naar zijn hand is onverzadigbaar. Het enige lichamelijk tastbare wat ik van hem over heb zijn zijn zinnen, zijn handgeschreven taal. Daarin ligt zijn stem, zijn geest, zijn nabijheid. Af en toe sta ik woedend voor die rotkluis en schop tegen de afgesloten deur. Daarbinnen ligt een schat. Het is een stommiteit van ons om dit niet in het testament geregeld te hebben. We vonden het te vanzelfsprekend. 'Je bent toch mijn vrouw.'

VERZONDEN: 1 februari 2011 16:12
AAN: Olivier, Marie, Stanja
SUBJECT: Dagboeken

Tijdens de laatste bijeenkomst is afgesproken dat ik mijn aanpak van de dagboeken zou verhelderen.

Op grond van de dagboeken die Hans me thuis in bed en tijdens de zomers in Frankrijk voorlas of liet lezen, weet ik dat ze zeer persoonlijk van aard zijn, dat hij gemakkelijker de behoedzaamheid kon laten varen die hem in zijn omgang met intimi remde, en dat zijn observaties vaak van een diep inzicht getuigen, ook al zijn ze vrij eendimensionaal, meestal gericht op de duiding van het gedrag van anderen, zelden op de eigen motieven en drijfveren. Maar Hans had een prachtige pen en de dagboeken zijn doorweven met parels van zinnen.

Ik zou graag degene zijn die een buffer vormt tussen ons, zijn vrouw en kinderen, en de openbaarheid. Daarom zou ik de dagboeken willen lezen en de passages die ik geschikt acht voor het publieke domein – voor een afzonderlijke publicatie onder zijn eigen naam en/of het beschikbaar stellen van de selectie aan een biograaf – willen selecteren en verzamelen. Passages waarover ik ten aanzien van publicatie twijfel, die betrekking hebben op een van ons of op andere intimi in het leven van Hans, zal ik met jullie overleggen.

Zoals ik jullie heb verteld, werk ik aan een logboek, een gemankeerd soort dagboek waarin ik met de pen op de huid van de pijn zit. Het beslaat het jaar na zijn dood. Het gaat over rouw. Ik stop ermee op 11 maart 2011. Het heet *Logboek van een onbarmhartig jaar* en het is geen roman over Hans, zoals de kranten beweren. In dit boek formuleer ik wel gedachten over het verraderlijke genre van het dagboek en zinspeel ik af en toe op fragmenten uit zijn dagboek over onze tijd en de gesprekken die ik daar met Hans over voerde. Die behoren nu eenmaal tot onze gezamenlijke geschiedenis.

Het doel dat ik voor ogen heb bij het lezen van de overige dagboeken, is, behalve het stillen van mijn verlangen naar zijn stem, het zorg dragen voor een literaire erfenis waarvan ik weet dat Hans er trots op zou zijn. Daarbij heb ik een publicatie voor ogen die aangevuld wordt met een aantal schitterende persoonlijke toespraken en andere pennenvruchten (zoals het sprookje in vijf bedrijven dat hij in 1979 voor de zieke dochter van een vriendin schreef). Ik meen zelfs dat dit boek de memoires in schoonheid en ontroering overtreft. Ik wil dus enerzijds passages afschermen die ik te persoonlijk acht en die zijn intimi kunnen blootstellen aan een openbaarheid waar ze niet om hebben gevraagd, en anderzijds een publicatie samenstellen waarvan ik meen dat Hans daar gelukkig mee zou zijn geweest. Ik zal op geen enkele wijze de inhoud van de dagboeken aanwenden voor eigen gebruik.

Ik hoop dat jullie me het vertrouwen kunnen geven om de dagboeken onder mijn hoede te nemen en ze niet prijs te geven aan iemand die onmogelijk zoveel van Hans kan houden als ik doe.

2 februari 2010

'Connie, ik kreeg een bericht binnen,' zegt hij. '"Ik heb me bedacht. God."'

Alsof ik niet tegen hem aan lig, maar van verre moet komen, roept hij midden in de nacht luid mijn naam. 'Stil maar, lieverd, ik ben er,' zeg ik, 'ik ben hier.' In het halfduister van de ziekenhuiskamer kijk ik in een doodsbang gezicht. 'Je moet ze waarschuwen dat ze de verkeerde computer hebben en dat ze die andere moeten nemen, dan hoef ik nog niet dood te gaan.' Ik zeg hem dat ik de computer ga zoeken. 'Ja, snel, nu,' zegt hij gehaast, 'en niet de computer, maar zij die hem bedienen.'

VERZONDEN: 2 februari 2011 10:45
AAN: Olivier **CC** Marie, Stanja
SUBJECT: Dagboeken

Misschien ben ik toch nog onduidelijk geweest, maar mijn logboek en de zorg voor de literaire nalatenschap van Hans staan los van elkaar. Ik zou me als schrijver compromitteren als ik censuur toeliet en over de inhoud van een boek zou onderhandelen en toezeggingen of beloftes doe over wat ik wel en niet schrijf. Dat kan niet. Daar ben ik als schrijver te autonoom voor. Ik kan je alleen garanderen dat ik voor het logboek geen gebruikmaak van de vijf dagboeken van Hans die nog in de kluis liggen. En ook dat ik alle passages die ik daarin aantref en die voor anderen pijnlijk zijn, zal afschermen van de openbaarheid.

En wat het *Logboek van een onbarmhartig jaar* aangaat, kan ik alleen maar kwijt wat ik al vertelde, het gaat over rouw, pijn, herinneringen, zelfverlies, niet over anderen. Ik ben ook graag bereid om jou, Marie en Stanja het logboek voor publicatie te laten lezen en in ieder geval naar jullie opmerkingen te luisteren en, als jullie eventuele bezwaren me gegrond voorkomen, daar rekening mee te houden.

Overigens begrijp ik het wantrouwen dat een schrijver – en zeker een schrijver als ik – oproept, goed. Ik hoop alleen dat ik het, op z'n minst een beetje, heb kunnen wegnemen.

2 februari 2011

De lust om te vernietigen, te straffen, met iedereen te breken en helemaal alleen te komen staan, om me terug te trekken in dit huis en met bijna niemand nog iets te maken te hebben, is angstaanjagend groot. Het moeten soebatten om het beheer van de dagboeken is vernederend. Marie is kwaad op haar vader, omdat hij daarover onduidelijkheid heeft laten bestaan, omdat hij me niet beschermd heeft door de grens aan te geven tussen mij en anderen. 'Maar dat heeft hij toch gedaan,' verdedig ik hem, 'dat deed hij door met me te trouwen.'

Alles gaat me gemakkelijker af dan het schrijven van een logboek. Het essay voor *CPhoto*, de inleiding voor zijn memoires waarvoor ik vanochtend de eerste alinea schreef, een e-mail, wat dan ook. Misschien heeft het met praten te maken, of liever gezegd met kletsen. Ik kan niet kletsen. En dat wordt me nu pas echt duidelijk, door de moeite die ik met de vorm van het logboek heb. 'Ik vind kletsen het fijnste wat er is,' zegt Marie als we in de wachtkamer van het AvL zitten. 'Als ik niet meer kan kletsen wil ik dood.'

Volgens mij is kletsen het talent bij uitstek van de meeste vrouwen, het is hun grootste charme, hun verleidingsmiddel, het theater waarmee ze mannen verbazen en onderhouden. Ze kunnen uitgebreid verslag doen – de een bloemrijker en geestiger dan de ander – van wat ze afgelopen week, gisteren of zojuist meemaakten, in de supermarkt, bij de bakker, op het schoolplein, alles waarvan ik denk dat het niet de moeite waard is om te vertellen, dat het niemand zal interesseren. Mannen vertellen verhalen of hebben gesprekken, en als dat er niet in zit zwijgen ze.

3 februari 2010

We wonen al negen dagen in het ziekenhuis, sinds een week dag en nacht. Ik ben niet meer buiten geweest. Behalve onze familie, weet bijna niemand waar we zijn. Hans wil niet dat iemand weet dat hij in het ziekenhuis ligt. Als overdag de wanen verdwijnen, praten we over ons leven samen, en over de dood. Ik huil veel, en hij houdt me vast. We zijn radeloos gelukkig, dat zeggen we tegen elkaar, radeloos gelukkig met wat we hadden, en radeloos gelukkig met de tijd die we nu samen hebben.

Als het donker wordt komen de wolven. Van de minste of geringste beweging van zijn lichaam word ik wakker. Hij richt zich half op in zijn bed en kijkt met een bange blik om zich heen. 'Ik heb spijt van mijn zonden,' zegt hij tegen iedereen die hij rond zijn bed ziet staan. Wie dat allemaal zijn weet ik niet. We zijn alleen. 'Absolvo te,' zeg ik. 'Het weinige dat jou te vergeven valt, is je vergeven.'

4 februari 2011

Binnen een week is er bij Marie zo veel thoraxvocht teruggekeerd dat we vandaag weer naar het AvL rijden voor een punctie. Het zijn intussen vertrouwde rituelen. Koffiedrinken op de Michelangelostraat, de rit naar het AvL, aanmelden bij de radiologie, en daarna bij de longafdeling. Het wachten in de wachtkamers, de hulp bij het uitkleden dat haar nog steeds moeilijk afgaat omdat haar arm pijnlijk en opgezwollen is door het lymfoedeem, haar handen en haar blik vasthouden als Rogier haar rug verdooft en daarna de punctiebuis inbrengt, het vocht in de maatbak zien lopen. 'Anderhalve liter, toch knap voor een week,' zegt Marie.

5 februari 2010

Ondanks de thoraxdrain in zijn rechterlong, haalt hij in de nacht moeilijk adem. Leen en Soenoe, de verplegers die de nachtdienst draaien, komen regelmatig kijken. Ik lig tegen Hans aan, met mijn hoofd op zijn borstkast, en ik hoor en voel hoe zijn lichaam zwoegt, hoe het strijdt tegen het vocht. Tegen vier uur 's nachts vraag ik aan Leen een dokter te roepen, of iemand van de intensive care. Tien minuten later staan twee verplegers van de ic aan zijn bed. Ze maken een hartfilm, luisteren naar zijn longen, meten zijn bloeddruk. 'We kijken het nog even aan,' zegt een van hen. In de ochtend is zijn toestand verslechterd. Hij is doodmoe van het in leven blijven. Om half negen wordt besloten hem naar de ic te brengen. 'Nu is het erop of eronder,' zegt iemand. Leen en Soenoe omhelzen me. Cynthia en Aischa hebben tranen in hun ogen als ik afscheid van hen neem en Leandro zijn bed door de gang naar de lift rolt. Ik hou zijn hand en zijn blik vast. Als ik bij de lift even een stap opzij moet doen en daardoor uit zijn blikveld raak, draait hij onrustig met zijn hoofd om te zien waar ik gebleven ben.

6 februari 2011

Marie heeft erom gevraagd. 'Ik heb je nodig, Con, en de kinderen hebben je ook nodig.' Ik moet minder drinken. Twee weken geleden ben ik begonnen met eenheden. Van anderhalve fles naar vier glazen per avond in de eerste week en in de afgelopen week terug naar drie glazen.

Alcoholisme heeft niets te maken met het aantal glazen dat iemand drinkt.

Een alcoholist definieer je door zijn verlangen.

Een alcoholist drinkt om dronken te worden.

7 februari 2010

'Het is alsof ik elf jaar lang een knaagdiertje in mijn handen heb gehouden,' zegt hij tegen Stanja. 'Als ik te hard kneep ging het dood, en als ik mijn greep te veel liet verslappen ging het me bijten. Ik weet nu eindelijk hoe het moet.'

8 februari 2010

Om halfnegen loop ik door de klapdeuren van de ic. Rondom het bed van Hans staan twee verplegers en een van de intensivisten. 'We zouden graag even met u willen praten,' zegt de intensivist. Voor het gesprek gaan we naar de gang buiten de ic waar een twee familiekamers zijn. De arts legt me uit dat hij in de vroege ochtend overleg heeft gepleegd met de andere artsen van het team, en dat ze het beter achten om Hans te gaan intuberen. Of ik daar toestemming voor geef. Het ademhalen kost hem op dit moment zo veel moeite, dat daardoor ook alle andere lichaamsfuncties verzwakken. Behalve aan de beademing zullen ze hem ook aan de dialyse leggen. Dan hoeft het lichaam zelf even niet meer zo hard te werken en kan het tot rust komen. Hij legt me de risico's en de voordelen uit, zegt dat de intubatie onder narcose zal plaatsvinden en vertelt hoe lang het naar verwachting duurt voordat Hans uit de narcose zal ontwaken. 'Dan ben ik hem dus even kwijt,' zeg ik. 'Ik hoop niet al te lang,' zegt de arts.

Om 13.00 uur wordt Hans aan de beademing gelegd. 'Ik kom terug, lieverd, dat beloof ik,' zegt Hans als ik afscheid van hem neem.

8 februari 2011

Voor het eerst sinds zijn dood treed ik in de openbaarheid. Vanavond is in Enschede de première van de Saint Amour-tournee met het thema 'De onbereikbare'. Een medewerkster van Behoud de Begeerte heeft een passage uit *Geheel de uwe* (2002) uitgezocht. Pas in de ochtend kijk ik voor het eerst naar het fragment, probeer het in mijn hoofd te laten klinken, en ben opeens vervuld van weerzin. Het is een dialoog tussen de personages Schutz en Salomon over een fan die zich tot stalker ontpopt. Zelfs mijn eigen fictie staat mijlenver van me af, de kinderlijke guitigheid van Salomon, de aanmatigende überlegenheid van Schutz, de uitleggerigheid, mijn God, wat een ellende. Ik voel een grote afkeer van mezelf, van degene die dit schreef. Deine Sorgen möchte ich haben, denk ik als ik het lees. Deze tekst krijg ik straks onmogelijk over mijn lippen; Schutz, Salomon en hun miezerige problemen, interesseren me geen hol.

Ik lees de eerste vijf pagina's van het logboek en besluit die vanavond voor te gaan lezen. Een andere tekst is ondenkbaar. Het zal Luc Coorevits, organisator, regisseur en vriend, rauw op het dak vallen, nerveus als hij altijd voor een première is.

9 februari 2011

Luc Coorevits nam het goed op, raakte even in paniek omdat het zorgvuldig uitgekozen decor – een filmstill van smartelijk hunkerende fans bij een popconcert – niet langer bij de tekst paste, maar hij ging om nadat hij me tijdens de doorloop uit het logboek had horen voorlezen. Het schijnt dat er nu regendruppels als decor achter me getoond worden.

Een recensie in NRC *Handelsblad* is een voorproefje voor de reacties die ik op dit logboek kan gaan verwachten.

> Saint Amour, door Behoud De Begeerte. Gezien: 8/2 in het Muziekkwartier, Enschede. Tournee t/m 4/6. Inl. begeerte.be
>
> DOOR SEBASTIAAN KORT
>
> Een stuk ernstiger werd het bij Connie Palmen, die voorlas uit haar in november te verschijnen *Logboek van een on-*

barmhartig jaar, waarin ze de rouw na de dood van haar man Hans van Mierlo beschrijft. Trefwoorden: openhartig en schaamteloos. Twee kenmerken waar ze slim de ongemakkelijke kantjes vanaf haalde door te stellen dat het aanvankelijk helemaal geen schrijven was geweest wat ze had gedaan, maar 'teugelloos aantekeningen maken'.

10 feb. 2010 17:45
Hans ontwaakt op de ic uit de narcose. Niet fijn wakker worden, maar tenminste wakker worden.

11 februari 2010

We praten met onze ogen en handen. Soms probeert hij wat geluid langs de buis uit zijn keel te krijgen. Het lukt me steeds beter hem te verstaan. Gisteravond maakte hij me duidelijk dat hij de foto's van ons huwelijk wil terugzien. Ik heb de twee mappen meegenomen en op het nachtkastje naast zijn bed gelegd. Hij wijst ernaar. Ik pak ze op, laat het bed zakken, schuif zo dicht mogelijk tegen hem aan en sla de pagina's om. Hij kijkt me vragend aan. Ik weet wat hij wil horen. Als een kind dat nooit genoeg krijgt van hetzelfde sprookje vraagt hij in de ochtenden na ons huwelijk: 'Vertel nog eens hoe het was.' En dan vertel ik hoe Reinbert de *Bruidsmars* van Mendelssohn speelde, hoe we tussen een haag van joelende en huilende vrienden naar voren liepen, naar de tafel waarachter Ernst Bakker ons inmiddels in zijn toga opwachtte. Ik vertel hoe Els Dottermans 'Mister Wonderful' voor hem zong, en Gerard en Heleen haar daarbij begeleidden, dat Freek de Jonge achter de piano 'De vondeling' zong en het trio vanaf de balustrade Charles Trenet voor hem speelde. Ik herhaal wat zinsneden uit de verschillende toespraken, uit die van Marie, uit die van mijn oudste broer Pierre. Ik vertel hem dat hij de hele dag moest huilen van geluk. Hij drukt een wijsvinger tegen mijn borst. 'Ja,' zeg ik, 'ik ook.'

11 feb. 2010 16:52
Hans ligt nog aan de beademing, heeft in al zijn ellende een stabiele dag en ik ben blij met elke blik en kneep in mijn hand. Hij weet dat jullie aan hem denken, dan glimlacht hij.

VERZONDEN: 11 februari 2010 23:50
AAN: Allen
SUBJECT: Hans

Nu Hans op de ic ligt, moet ik mijn mobiel uitgeschakeld houden. Dat maakt het sturen van sms-berichten lastiger, maar ik ben blij met elk teken van leven van jullie, al kan ik nauwelijks iemand te woord staan.

Hans ligt nog aan de beademing, wat erg vervelend voor hem is, maar wat hem helpt met overleven. De zinsnede die ik het meest hoor op de ic: 'We zijn er nog lang niet, maar er zijn wel wat pluspuntjes.'

Hij is ontstellend ziek, alle belangrijke organen zijn ontstoken, vergiftigd of verzwakt. Maar ik heb wonderen van wilskracht gezien bij Hans en daar hou ik me aan vast.

Dank voor alle sms'jes, kaartjes en mails. Ze trekken me af en toe uit die cocon van huiver en angst. En als ik hem zeg dat jullie aan hem denken, stralen zijn ogen en dan glimlacht hij lief met die buis in zijn mond.

12 februari 2010

In de schouwburg van Arnhem moet ik de tekst uit mijn keel knijpen. Godallemachtig. Het is de dag van zijn wederopstand, de dag waarop we dachten dat alles goed zou komen. Hij ligt al een week op de intensive care, waarvan vier dagen aan de beademing en de dialyse. Vroeg in de ochtend kom ik de grote kamer van de intensive care binnen. Hij zit rechtop en kijkt me intens blij aan. Ik heb niet eens direct in de gaten dat de beademingsbuis verwijderd is, en deins even terug als hij begint te praten. 'I'm back,' zegt hij met schorre stem, 'I'm back. Halleluja.'

Hij straalt, hij is zielsgelukkig. Hij zegt: 'We gaan wéér trouwen.' Ik lach en huil tegelijk, ik denk dat alles nu voorbij is, dat hij herrijst, dat hij beter wordt, dat hij dit, wat hem aan het vellen is, waarvan we nog steeds niet weten wat het is, overleven zal. Zo veel wilskracht, zo veel levenslust, zo weinig verstand van de dood, Hans weet niet eens hoe dat moet, sterven.

Op de gang bel ik eerst met Doll. Ze logeert op de gracht en viert daar vandaag haar negenenzestigste verjaardag. 'Je krijgt het mooiste verjaardagscadeau denkbaar,' zeg ik, 'je krijgt je broer terug.'

De dagen na de herrijzenis is hij eufoor. Hij houdt grenzeloos van iedereen, van de verplegers en verpleegsters, van de doktoren, van iedereen die binnenkomt. Hij moet het steeds opnieuw zeggen. 'Ik ben zo gelukkig. Dit zijn de gelukkigste weken uit mijn leven.' We schieten telkens in lach als ik de reactie van Alexander Rinnooy Kan op mijn mail aanhaal: 'Joechei! En nu afronden!' Aan bed lees ik hem *Het Parool* voor waarin een interview staat met Hugo en Jakob Koolschijn, de vader en de zoon. Hij krijgt de tranen in zijn ogen. 'Wat mooi,' zegt hij, 'wat hou ik toch veel van ze.' Hij vraagt om pen en papier, hij wil Hugo, Jakob en Marleen laten weten hoeveel hij van ze houdt. Met de verzwakte hand van iemand die al wekenlang in bed ligt, schrijft hij een kort briefje. Hij eindigt met: 'Ik ben zeer veel (deed ik al hoor) van jullie gaan houden. Tot gauw! Hans.' Het zijn de laatste zinnen die hij in zijn leven schreef. Sommige zijn onleesbaar.

13 februari 2010

Stanja zit op het bankje in de gang van de ic. 'Je hebt een prachtig cadeau van papa gekregen,' zegt ze hartelijk. 'Hij heeft tegen Marie gezegd dat hij verschrikkelijk veel van je houdt.' Marie vertelt hoe het gesprek ging, dat haar vader vroeg met wie ze deze moeilijke tijd doorkwam. Ze had Willem, en haar vriendinnen Regina en Barbara genoemd. 'En met Con,' zei ze. 'Ja, ik hou ook zo verschrikkelijk veel van haar,' had hij toen gezegd.

14 februari 2010

Al vijftien jaar lang vier ik deze dag, de afgelopen elf jaren als een eredienst voor de dode en voor de levende man. Het is de geboorte- en sterfdag van Ischa, en het is Valentijnsdag voor Hans. Elk jaar geef ik een diner voor mijn vrienden en sluit het af met een glimmende, knalrode taart in de vorm van een hart, voor Hans. Hij houdt van mijn vrienden. 'Het is alsof je ze met een pincet hebt uitgezocht,' zegt hij over hen.

In de vroege ochtend ga ik met een roos naar het OLVG, al weet ik dat er geen bloemen zijn toegestaan op de ic-afdeling. Hij heeft de verplegers verteld dat dit een bijzondere dag voor ons is en daarom laten ze de roos oogluikend toe. Vanuit zijn bed op de ic dringt hij erop aan dat ik de 14de februari vier zoals ik dat elk jaar doe, en de vrienden vanavond op de Herengracht ontvang.

'Maar ik wil niet bij jou weg,' zeg ik.

'Geef het uit handen,' zegt hij, 'ze zullen blij zijn dat ze iets voor je kunnen doen.'

Een sms vanuit het ziekenhuis is voldoende om iedereen op te trommelen. Die avond komen vrienden en familieleden met potten, pannen en taarten naar de gracht. Iedereen is uitgelaten. We geloven dat hij het gaat redden.

14 februari 2011

Voor het eerst in de afgelopen zestien jaar geef ik geen diner. De ochtend breng ik met Marie door in het AvL, en vanavond treed ik op in het De la Martheater in Amsterdam.

De nieuwe chemokuur slaat bij Marie goed aan. Bij elke controle zijn de tumormarkers gedaald. Haar oncologe durft voorzichtig te voorspellen dat ze de zomer zal meemaken. In de wachtkamer van de longafdeling zegt Marie dat het nadeel van de gunstige uitslagen is dat ze af en toe vergeet dat ze ongeneeslijk ziek is en daardoor weer zo gretig wordt om te blijven leven. Ik herinner me wat Hans dertien jaar geleden zei toen hij haar bij elke chemokuur naar het ziekenhuis begeleidde: 'Bij elke druppel gif die bij haar naar binnen vloeit zie ik hoe dat wat haar moet genezen, haar zieker en zieker maakt, maar ook hoe haar verlangen naar de dood omslaat in angst voor de dood.'

Vandaag gaan ze de thoraxdrain verwijderen. Bij het binnengaan van de behandelkamer worden we door Rogier voorgesteld aan een arts die we niet eerder hebben ontmoet. Terwijl we nog staan en Marie haar trui uittrekt, geeft de nieuwe arts even een felle ruk aan de drain. Marie slaakt een gil van pijn. Het is voor het eerst in al die maanden dat ze 'au' zegt en ik ben woedend. In een reflex geef ik de arts een klap op zijn arm. 'Wat doe je nou? Je doet haar pijn,' zeg ik. Hij zegt dat een drain soms spontaan loslaat als je eraan trekt. Het is het begin van een ochtend vol martelingen. De drain zit moervast, de arts blijft verdoving bijspuiten, en durft me niet meer aan te kijken. Ik hou een machteloos huilende Marie vast en foeter intussen de klungelende arts uit. 'Als u haar nog één keer pijn doet,' zeg ik op een gegeven moment, 'sla ik u weer, en nu harder.' Op het van pijn vertrokken gezicht van Marie verschijnt een trotse glimlach. 'Goed zo, Con,' zegt ze, 'sla hem op zijn kop.'

15 februari 2010

Hans mag terug naar de verpleegafdeling op B6. De verplegers zijn blij hem weer te zien. 'Jij mag niet doodgaan, hoor, Hans,' zegt Cynthia met haar prachtige Surinaamse accent, 'jij moet blijven leven voor Connie, want zij kan helemaal niet zonder jou.' Op de gang zegt ze tegen me: 'Ik weet niet wat het is met deze man, maar ik ben zo verschrikkelijk veel van hem gaan houden.'

'Vertel mij wat,' zeg ik.

16 februari 2011

Het is nog donker als om 07.00 uur in de ochtend Abdelkader Benali met een filmploeg voor de deur staat. Ik werk mee aan zijn programma *Benali boekt*. De opnames zullen plaatsvinden in Frankrijk, waar we, samen met Reinbert, Gerard en Heleen, om 09.35 uur naartoe vliegen. In het vliegtuig spookt het gesprek met Marie door mijn hoofd dat ik een jaar geleden met haar voerde, met haar moest voeren. Ze weet sinds een paar dagen dat ze voor de derde keer in haar leven ernstig ziek is. Borstkanker, agressief. Over een week beginnen ze al met een chemokuur, ook een agressieve. 'Wat moet ik doen, Con?' vraagt ze. 'Als ik het voor papa verzwijg, kan ik niet meer naar hem toe gaan, hij ziet het onmiddellijk aan me.' Ik begrijp dat het moet, maar ik vind het onverdraaglijk dat Hans dit moet gaan meemaken, dat het monster waarvoor hij elf jaar lang bang is geweest, een voet tussen de deur heeft gezet. Het breekt mijn hart dat er een einde zal komen aan het geluk dat hem nu elk uur van de dag doorhuivert. Maar ik weet ook dat Marie gelijk heeft, dat ze zich vrijwillig van hem afsnijdt en zich zijn liefde ontzegt, als ze voor hem verzwijgt dat ze kanker heeft.

'Kun je het aan om nog even te wachten?' smeek ik Marie. 'Ik wil dat hij nog een paar dagen gelukkig is.'

VERZONDEN: 17 februari 2010 23:40
AAN: Allen
SUBJECT: Hans

Hans ligt nu op de mooie kamer 8 van de verpleegafdeling 6. Hij is verbijsterd over wat er allemaal met hem is gebeurd en hij kan zijn geluk niet op. Het restant van de longontsteking moet hij op eigen kracht wegwerken. De meest gehoorde zinsnede op dit moment is: 'Hij is er nog lang niet, maar hij is op de goede weg.' Rust, ademhalingsoefeningen en fysiotherapie moeten hem helpen. Hoe eerder hij weer op eigen benen staat, hoe beter.

'Ik geniet van elke minuut van onze wittebroodsweken, lieveling,' zeg ik tegen hem, 'maar je hebt wel een raar hotel uitgezocht.'

17 februari 2011

Ik hoor mezelf tegen Abdelkader Benali zeggen: ik ben een krijger, ik ben een oorlogszuchtige vrouw. Woede, de opstand tegen de nacht, tegen de willekeur van de dood.

Hoe kwamen we erop? Het ging over het verschil tussen mannen en vrouwen, dat weet ik nog. 'Maar dat is wat mannen doen!' roept hij uit na een opmerking van mij, maar welke? Ik vertel dat het bijhouden van een logboek een strijd is tegen het vergeten, iets wat nooit de impuls was voor welke roman dan ook, dat ik romans altijd begon met een idee, met vermoede verbanden, analyses, observaties, nooit met het verlangen mijn jeugd, een vriendschap, de studententijd, een liefde, of wat dan ook op te dreggen uit een poel van vergetelheid en daarmee voor verdwijning te behoeden.

18 februari 2010

Bob Smits van Waesberghe, de man van zijn zus Tuus, is plotseling overleden. Hij lag vanochtend dood naast haar. Die lieve, goede Bob. Ik heb met Marie afgesproken dat ze Hans morgenmiddag zal vertellen dat ze ziek is. Pas in het begin van de middag, als ik bij hem op bed zit en de verpleger een dienblad met eten voor ons heeft neergezet, vertel ik hem dat zijn zwager is overleden.

'Och arme Bob,' snikt hij, 'arme Tuus.'

19 februari 2010

Om drie uur in de middag vertelt Marieke aan haar vader dat ze borstkanker heeft. En dan is zijn geluk voorbij.

20 februari 2010

We zijn uitgeput van het vele huilen. 'Mijn kind, mijn mooie kind,' herhaalt hij steeds. 'Die tragiek, dat noodlot dat je van haar gezicht kunt krabben.' Hij wil het niet denken, hij mag het van zichzelf niet denken, maar hij denkt het toch. 'Dit keer gaat ze het niet redden.'

21 februari 2010

Noortje heeft de afwezigheid van haar vader gebruikt om stiekem een feest te geven in diens huis. Hans hoort het aan en hij lacht erom. 'Heb ik je wel eens verteld hoe ik Marieke de baas van het goede liet zijn?' Dat heeft hij, maar ik wil het nog een keer horen. 'Marieke was nog jong, een jaar of dertien, net zo jong als Noor nu, en ze stal, klein goed, met vrienden. Ik ontdekte dat ze dat deed om zich de baas van de slechte vrienden te voelen. Zou je je kunnen voorstellen dat je ook de baas van goede vrienden zou kunnen zijn?' vraagt hij haar. 'Dan ben je in plaats van de baas van het slechte, de baas van het goede.'

VERZONDEN: 22 februari 2010 21:54
AAN: Allen
SUBJECT: Hans – continuing story

Het evenwicht van Hans blijft precair. Alhoewel ik innig hoop dat het een *continuing story* is, wil ik jullie niet elk moment lastigvallen met de afwisseling tussen goede en slechte dagen.

Vandaag was er sprake van een hernieuwde opname op de ic: het vocht achter zijn longen neemt weer toe en waarschijnlijk is de pompfunctie van zijn hart onvoldoende om al het vocht weg te werken. Door zorgen en angsten – waarover ooit wel eens meer – slaapt Hans slecht en is daardoor te zwak om in beweging te komen. Ze hebben uiteindelijk besloten hem toch op de verpleegafdeling aan het infuus te leggen en houden hem vannacht nauwlettend in de gaten.

Tussen de patiënten met hun infusen sta ik buiten te roken. Ik laat mijn handen opzettelijk koud worden, omdat hij het lekker vindt als ik ze dadelijk tegen zijn voorhoofd en in zijn verhitte nek leg. Er staan talloze lezingen in mijn agenda, via Margreet Ruardi van de Stichting Schrijver School Samenleving georganiseerd. Margreet zegt tegen haar klanten dat ik zenuwslopend laat op de locatie arriveer, maar zo betrouwbaar ben als de Bank van Engeland en nooit verstek laat gaan. Het kan niet anders dan dat ik steeds ben blijven geloven dat Hans beter wordt en ik mijn verplichtingen kan nakomen. Het wordt tijd om toe te geven dat het fout kan gaan, dat ik nergens anders kan zijn dan hier. Ik word al ziek van onrust en verlangen als ik hem achterlaat op zijn kamer om buiten een sigaret te gaan roken. Tijdens de ritten met de taxi van het OLVG naar het AMC, waar mijn broer Jos herstelt van een zware operatie, neemt mijn angst met elke meter die ik me verder van hem verwijder toe. Na lang aarzelen besluit ik om de lezing van 25 februari in Rosmalen af te zeggen. Terwijl ik het nummer van Margreet intik, slaat mijn hart op hol. Het is alsof ik de irrationele wet van de liefde in werking zet: dat hij dood *zal* gaan omdat ik mijzelf toesta te denken dat hij dood *kan* gaan.

Met een ijsje en ijskoude handen keer ik terug naar kamer 8, kruip bij hem op bed en leg mijn handen in zijn nek.

'Lieverd,' zegt hij 'ik denk niet dat ik het ga halen. Daar moet je je op voorbereiden.'

'Dat gaat niet, Hans,' zeg ik, 'dat gaat niet.'

24 februari 2010

We zijn hier nu een maand en vanaf vandaag lijkt het alsof alles zich gaat herhalen en we van voren af aan beginnen. De vermoeidheid, het vocht achter de longen, de benauwdheid, het moeizame ademhalen en praten. We hebben een luxe appartement en doen alsof we er wonen, met bedienend personeel dat hem adoreert en zich barmhartig over hem ontfermt. Buiten de kinderen en af en toe een familielid, wil hij liever geen bezoek. Door de uitputting kan hij nauwelijks praten, een machteloosheid die hem hevig frustreert. Voor de verplegers kan er na elke medische handeling een gefluisterd 'dankjewel' en een zachtmoedige blik af. Rond een uur of negen of tien in de avond, als de lichten in de gangen gedempt worden, laat ik hem achter. Het ziekenhuis is leeg en verlaten. Via een aparte uitgang bereik ik de taxistandplaats van het OLVG. Ik ben murw van de angst, en moe. In mijn tas zit zijn pyjama. Voordat ik die in de wasmachine stop druk ik hem tegen mijn gezicht.

VERZONDEN: 25 februari 2010 21:33
AAN: Margreet Ruardi
SUBJECT: Hans

Dank je voor het goede werk. Ik heb toch zelf ook nog even Helen H. gebeld, dacht dat ik sterk stond maar dat was niet zo, waardoor ik haar misschien heb laten schrikken. Terug uit het OLVG was er een lieve mail van haar, toch fijn. Ik weet niet goed hoe ik goed moet doen als het zo fout gaat. Wat ik je verzwegen heb, omdat het te erg is voor woorden, is dat de terugval van Hans samenviel met het ergste bericht dat hij kon krijgen, dat zijn oudste dochter Marie weer kanker heeft, een agressieve borstkanker dit keer, verder geen uitzaaiingen behalve in wat klieren. Vandaag zijn ze al met een felle chemo begonnen. Het is sub rosa, en iets te verbijsterend voor woorden, maar toch, ik vertel het maar aan je.

26 feb. 2010 19:32
Hans is door het lange ziekbed, het teruggekeerde vocht achter de longen en de benauwdheid, uitgeput en verzwakt. Mijn zachtgekookte eitjes, koude meloenen en ijsjes, mochten niet baten. Vanaf vanmiddag dienen ze weer sondevoeding toe. Dus blijf bidden, stralen, kaarsen branden en godweetwat. Het heeft al een keer gewerkt.

VERZONDEN: 28 februari 2010 22:10
AAN: Margreet Ruardi
SUBJECT: Lezingen

Morgen gaan ze een biopt uit de lever nemen, om te zien of de bron van het kwaad – van het teruggekeerde pleuravocht en de uitblijvende verbetering van zijn conditie – niet toch in de lever schuilt. Ik hou mijn hart vast voor mijn Hans. Langzamerhand wordt hij droef en een beetje apathisch van het leed dat hem overkomt en dat zo eindeloos voortduurt.

Ik bel je morgenochtend om te praten over de lezingen in de Boekenweek. Ik denk dat ik de begrijpende en verwachtingsvolle organisatoren en de lezers moet beschermen tegen nog een keer op het laatste moment afbellen. Zo het wonder geschiedt en Hans voor een tweede keer herrijst, ben ik over anderhalve week niet fit, levendig en aandachtig genoeg om die fikse som die ik voor een optreden vraag te verdienen. Ik ben nu toch wel moe.

28 februari 2011

De angsten die me drijven zijn aan elkaar tegengesteld: ik ben bang voor leegte en ik ben bang voor volheid. De angst voor de leegte, voor de honger en het verlangen, en de angst voor het vollopen van de ruimte die ik heb, in mijn hoofd, in de tijd. Van de lagere school herinner ik me de selectie die ik aanbracht tussen wat ik wel en wat ik niet wilde onthouden. Geen aardrijkskunde, geschiedenis, flora en fauna. Later op de middelbare school: geen wiskundige formules, van biologie wel de genetica, niet de bomen, bloemen en dieren. De selectie paste ik toe omdat ik bang was dat mijn hoofd vol zou raken. Ik hou nog steeds het meest van deleten.

Marie is terug van een skivakantie in Oostenrijk en komt met Willem eten op de gracht. Ik maak dezelfde maaltijd klaar die Hans altijd toebereidde als zij hier met de kinderen at: kogelbiefstuk, doperwtjes en gebakken aardappelen. Het bakken van de aardappelen wil me maar niet lukken, ze zijn nooit zo lekker als wanneer hij ze klaarmaakte. 'Zolang dat mislukt, ben je hem trouw,' zegt Marie. We weten allebei wat ze daarmee bedoelt. Van haar sms'en tijdens de vakantie werd ik droevig.

25 feb. 2011 11:37
Ach Onnie het is veel. De bergen zijn mooi, de lucht is zuiver, de meisjes zijn gelukkig. In de morgen gaat iedereen stralend en sterk naar boven en dan strompel ik hijgend terug naar het burgerlijke hotel. De grootste confrontatie met mijn gestage aftakeling tot nu toe. Daar huil ik dan om. Ik wil zo graag blijven en sterk en gezond zijn. Maar ik ben angstaanjagend mager al probeer ik veel te eten. Ik denk dat de ziekte mij op aan het eten is. De relatie met W ontroert mij, hij is ongemeen lief en zacht. We zijn veel samen. Soms ben ik ineens heel boos op hem: heb ontdekt dat dat vaak komt als ik mij vernederd voel door het verval. Ik mag dan van hem huilen en gemene dingen zeggen en daarna houdt hij me vast. Hij is toch een grote liefde. Ik heb hier geen vrede met de ziekte: omdat ik nog

gretig ben. Ik mis jou ook, heb je een beetje bij me in de *Opzij*. Dat vond ik een mooi en lief interview. Ja. x

We halen herinneringen op aan onze jaarlijkse gezamenlijke vakanties. Ik herinner haar aan onze allereerste vakantie samen, in de Club Med op Tenerife, en aan het oudejaarsfeest van 1998 met haar vader, Herman en de kinderen. Dat alle gasten een ballon kregen waaraan ze een wenskaartje konden vastmaken. En dat Hans schreef: 'De kanker eruit, Connie erin.'

'Dat is dan tenminste voor de helft mislukt,' huilt Marieke.

Verleden, heden, toekomst; de manier waarop ze zich tot elkaar verhouden, hoe ze met elkaar verweven zijn, bepaalt je gemoed. Je toekomst moet iets te raden overlaten, je heden moet niet volledig bezet zijn door het verleden.

Marie kent haar nabije toekomst te goed.

Onherroepelijke kennis bezitten van je toekomst is een element van rouw. Je weet voor een bepaalde tijd hoe je dagen eruit gaan zien, ze bezitten geen verrassing, geen uitdaging. Je weet dat je de dag zult doormaken met pijn, zonder hem, zonder dat lichaam, die stem, die liefde, dat geluk. Maries dagen zijn bezet door de wetenschap van de dood, haar eigen dood. Het wakker worden is wakker worden in een hel van de zekerheid. We hebben de illusie van oneindigheid nodig, anders is het leven niet te doen.

29 februari 2011

Het was weer eens zo'n nacht die me zo veel angst aanjoeg dat ik niet naar bed durfde. Tegen een uur of drie in de ochtend word ik wakker op de bank. Met tegenzin sleep ik me naar boven, naar de slaapkamer. Omdat ik op drie eenheden zit, ben ik klaarwakker. Graaiend in de leegte naast me omhels ik zijn kussen en stuit op de bedekte dingen. Zijn flanellen blauwwit gestreepte pyjamajasje, zijn horloge, zijn dagboeken. In de afgelopen maanden heb ik er vaker in durven lezen. Ik werd er soms gelukkig, soms ongelukkig van. Hij weet niet half hoe bang en onzeker hij is. Hij weet niet er een wederzijdse strijd gevoerd wordt om een en dezelfde reden: in de liefde geloofd en vertrouwd te worden. Hij stopt met het bijhouden van een dagboek in 2000, vlak voordat hij de levertransplantatie ondergaat. Daarna schrijft hij niet meer. Hij gelooft erin.

1 maart 2011

De eerste van de laatste elf dagen nog te gaan. Net als in de begindagen van dit onbarmhartige jaar verkeer ik al wekenlang opnieuw in een verscheurde toestand: ik ben hier en ik ben hier niet. Ik lig op afdeling B6 op kamer 8 van het OLVG. De maagsonde is met witte tape op zijn neusrug vastgezet, de slangetjes voor de zuurstof zitten nog op hun plek. Zijn lichaam is opgezwollen van het vocht.

'Dat is toch verschrikkelijk om aan te zien,' zegt hij verontschuldigend.

'Welnee, lieverd,' zeg ik, 'hoe meer lichaam ik van je heb, hoe beter.'

Hij ligt al bijna zes weken in bed, zonder nog een stap gezet te hebben. Morgenochtend ga ik zijn benen, armen, buik, schouders en nek masseren en oefeningen met hem doen. Dan kruip ik naar het voeteneind, leg zijn benen op mijn schouders en schommel hem heen en weer, of ik zet zijn voeten tegen mijn borst en laat me door hem wegduwen. We lachen. Hij is trots. Hij heeft nog behoorlijk veel kracht in zijn benen. Dat stelt me gerust. 'Wat ben je toch sterk,' zeg ik, 'wat ben je toch mooi.' Om de zwelling in zijn onderbenen en voeten tegen te gaan, trekt Aischa hem zo dadelijk strakke steunkousen aan. Voor de luchtcirculatie hebben ze een langwerpige opening aan de uiteinden waarin de knokkels van zijn tenen nog net zichtbaar zijn. Toen Aischa ze hem voor het eerst aantrok keek hij lachend naar zijn ingepakte voeten. 'Mijn kleine moslima's,' zei hij tegen haar. Als het even kan laat ik morgen op het einde van de ochtend de fysiotherapeuten met de takel en de hangzak langskomen. Dat vindt hij heerlijk, omhooggetild worden, schijnbaar licht en gewichtloos te zijn, even tussen hemel en aarde te zweven, gewiegd te worden als een kind.

VERZONDEN: 1 maart 2010 21:47
AAN: Allen
SUBJECT: Hans

Ik zie Hans dezelfde gang maken als vijf weken geleden, toen ik hem wegbracht naar het OLVG: weer vocht achter de longen, weer een drain, weer sondevoeding, weer klam en bleek. Alleen is hij nu zwakker, vermoeider en uitgeput van het lange liggen en de lichamelijke zwakte. Het is bijna niet te harden om hem zo te zien, zo moe. En toch, met alles wat hij nog kan opbrengen aan dankbaarheid en liefheid, brengt hij op, al kost het uitspreken van ook maar drie woorden hem immense kracht.

Naar de bron van alle ellende blijven de medici gissen. Vanmiddag is een biopt genomen uit zijn lever om te zien of die daar ontspringt. Morgen of overmorgen krijgen we de uitslag van dat biopt. Als het abcessen zijn, valt er nog iets tegen te doen. Als het erger is, dan niet.

Op een dag bid je zelfs voor abcessen.

Margreet belt de lezingen in Heerlen, Zeist, Deventer, Eindhoven, Asten en Schiedam af.

3 maart 2011

Pauw & Witteman zendt een compilatie uit van de uitzendingen die ze maakten na de dood van Hans. Via de uitgeverij heeft een medewerkster van het programma me per mail keurig laten weten dat ze dit zouden gaan doen, maar ik was het vergeten, of had het weggestopt, en ik zap me per ongeluk in zijn lieve gezicht. Hij kijkt me aan vanachter een levende, alerte, zich terecht nog onsterfelijk wanende Harry Mulisch. En terwijl Harry over zijn gestorven vriend praat weet hij niet dat de dood hem zoekt en hem over zevenenhalve maand zal vinden.

Ik zet de televisie uit. Voor mij klopt de tijd niet. Hans is nog niet dood. Hij heeft nog achtenhalve dag te leven. Ze hebben zojuist, na vijf weken, eindelijk ontdekt wat hem langzaam aan het slopen is. Door het nemen van een biopt uit zijn lever is daar de bron van het lijden aangetroffen: een lymfoom. Ze noemen het ook wel een transplantatielymfoom. Hij lijdt aan een paradox. Dat wat hem de afgelopen tien jaar in leven hield, de nieuwe lever en de medicijnen tegen afstoting die hij – naast tientallen andere – moest slikken, is de oorzaak van zijn verwoesting. Het is wat drank voor de alcoholist is: het medicijn dat jou doodt. Tot ergernis van de arts die komt vertellen wat er aan de hand is, barst ik in de armen van Hans in tranen uit. Voor het eerst in al die weken weet ik nu dat er echt iets mis is.

VERZONDEN: 3 maart 2010 2:40
AAN: Allen
SUBJECT: Ik weet niet goed

Ik weet niet goed hoe ik het moet vertellen. Laat ik zo zeggen dat de eerste zin van de dokter was: 'Ik heb geen goed nieuws.' En dat er toen toch relatief goed nieuws kwam.

Het biopt uit de lever heeft geen levercarcinoom opgespoord (dat zou fataal zijn geweest), maar helaas ook geen onschuldig abces (waarvoor wij hebben gebeden), maar wel een lymfoom. Kwaadaardig, iets van de klieren in de lever, en te behandelen, met soms goede resultaten. Ze zetten prednison en een chemomiddel in. Ze zijn er vanavond al mee gestart.

Het eerste wat Hans zei was dat hij wilde dat het onder ons bleef. Toen ik zei dat dat moeilijk was, dat er te veel vrienden daarbuiten wilden weten wat de naam was van de bron van het kwaad, begreep hij dat. Niet dat het nu voor ieders oor bestemd is, dat niet.

Hans bleef rustig onder het nieuws, ook omdat hij te uitgeput is om zich druk te maken over welk nieuws dan ook. Hij zei dat hij alles verdroeg omdat hij het nu dag voor dag neemt. En dat doe ik geloof ik ook. Want weer gaat die wet in, dat Hans wonderen van wilskracht vertoont, die hij godweetwaar vandaan haalt. Hij weet alleen niet meer hoe hij nog lekker moet liggen.

4 mrt. 2010 8:10
De bron van alle ellende blijkt een lymfoom in de lever te zijn. Morgen wordt de behandeling ingezet met rituximap. Daar kan Hans beter van worden, als het goed aanslaat en hij het verdraagt. We blijven er allebei in geloven.

4 maart 2010

'Ik wil me nergens mee bemoeien als ik er niet meer ben, maar je weet toch wat ik zelf graag zou willen horen op mijn begrafenis?'

'Ja.'

We horen het voor het eerst samen op 11 november 1999 in Washington DC. Sinds vier dagen zijn we te gast bij Joris en Yvonne Vos in de Nederlandse residentie. Op 11 november laten we ons in de ochtend door een chauffeur naar het Vietnammonument brengen om daar de viering van Veterans Day bij te wonen. Een paar dagen voor ons vertrek naar Amerika, heeft Hans met een delegatie van historici en journalisten een bezoek gebracht aan de slagvelden van de Eerste Wereldoorlog. Hij is nog steeds vervuld van het drama van Péronne, Ieper, Verdun en de slag bij de Somme, van een absurde oorlog waarvan niemand weet waarom die gevoerd werd. In Amerika wordt op Veterans Day het einde van de Eerste Wereldoorlog – op het 11de uur van de 11de dag van de 11de maand in 1918 – herdacht. Bij The Wall, het monument waarin de 58.000 namen van de in de Vietnamoorlog gesneuvelde soldaten geëtst zijn, drukken mannen en vrouwen vellen papier tegen de namen van hun zonen en dochters en krassen die over met een pen of een potlood. Hans zijn hand ligt op mijn schouder en knijpt erin van ontroering. In de verte klinkt de muziek van een harmonie. We moeten een weiland oversteken om de plaats te bereiken waar het geluid vandaan komt. Hans heeft last van jicht in zijn rechtervoet, hij leunt op me. Midden in het weiland stopt hij. Ik denk dat hij even wil pauzeren omdat de pijn is verergerd, maar dan hoor ik hoe een diepe snik zich losmaakt uit zijn borst. Hij slaat een hand voor zijn mond. Het is niet voor het eerst dat ik hem zie huilen. Het is voor het eerst dat hij het huilen niet kan stoppen. Het duurt net zo lang tot het laatste woord van 'Danny Boy' over het weiland galmt.

6 mrt. 2010 19:28

Hans heeft zich gisteren door de kuur geslapen, maar had een onrustige nacht. Hij is verward, benauwd en spreekt moeizaam. Vanaf nu zal ik ook 's nachts weer bij hem blijven. Dat betekent dat ik alleen via de mobiel bereikbaar ben.

6 mrt. 2010 20:04
Lieve Marie, de ic-arts is net geweest en ziet nu onvoldoende grond om Hans op ic te leggen. Ze komen vannacht nog een keer kijken om te zien of de benauwdheid is toegenomen. Zolang hij slaapt lijdt hij niet. Hij slaapt.
Kus, Stief

7 mrt. 2010 13:01
Met de zware kuur is ook een lijden begonnen. Voor het eerst zo zichtbaar. Dat is erg. We zien het nog even aan en hopen op weer een wonderbaarlijke opstanding.

7 maart 2011

De tijd gedraagt zich als een trekharmonica, uiteen, ineen, voortdurend in een vouw. In elke minuut zingt de verleden tijd mee, het vorig jaar, elf jaar en vier maanden, de laatste weken van zijn leven. Het is alsof alles wat is gebeurd nog staat te gebeuren, erop wacht om zich aan mij voltrekken. Dat hij nog moet sterven, dood in de kamer naast me moet liggen, we hem moeten begraven.

Juist omdat het verleden jaar geen verleden tijd wil worden, het voorbije jaar me staat op te wachten, wordt het me steeds duidelijker wat dit logboek is, wat het onderscheidt van een roman. Je zou zeggen dat de monomanie van het verdriet, dat ervoor zorgt dat je het heden nauwelijks meekrijgt omdat het puur in dienst van de verbeelding staat, juist bij uitstek het kenmerk van fictie is. Niets in de werkelijkheid is onversneden, alles is doorweven met fictionele elementen en alleen het maakwerk dat fictie is, verleent het leven zin. Zoiets moet als omschrijving in *Het geluk van de eenzaamheid* staan. Waarom het logboek maar geen literatuur wil worden is juist door het ontbreken van het maakwerk, en aan de inerte passiviteit van het lijden. Bij het schrijven van een roman legt de structuur waarmee je het bouwwerk stut, een amalgaam van betekenissen bloot, is het alsof de werkelijkheid zich vermeerdert met inhoud. In de rouw ontbreekt de meervoudige zin. Het is een vernauwing van betekenis. De enige dienst die de werkelijkheid je levert, is je met pijn en droefheid herinneren aan een verdwenen, hoogstpersoonlijke werkelijkheid, niet op de eerste plaats een van de betekenissen, maar van een puur sensuele. Die van lichaam, huid, geur, stem, handschrift. Van ogen, mond, handen, benen, voeten. Van koken en praten en lachen en vrijen en tegen elkaar aan slapen en samen wakker worden.

De taal van de wet wil nog wel eens wat: Deze akte is heden verleden te Amsterdam. Verleden als werkwoord. Verleden als de verleden tijd van verlijden.

VERZONDEN: 8 maart 2010 22:44
AAN: Allen
SUBJECT: Hans

Hans is gisteravond opnieuw overgebracht naar de ic en daar zowel aan de beademing als aan de dialyse gelegd. Het was een zware beslissing, maar Hans noch ik waren in staat om te kiezen voor de dood. God geef dat de artsen hun eed waarmaken en dat ze hem dit gevecht niet zouden laten strijden als er geen kans was om het te winnen. De wilskracht van Hans is verbijsterend, de heroïek waarmee hij voor het leven vecht hartverscheurend. Genade wil ik.

8 maart 2010

Het wordt bijna ondraaglijk hem te zien en toch zit ik de hele dag naar hem te kijken. Ik heb genoeg aan wat kneepjes in mijn hand en een enkele troebele blik. Elke dag masseer ik zijn gezwollen voeten, benen en handen, maar hij reageert er nog maar nauwelijks op. Als hij te lang zijn ogen gesloten houdt en ik bang ben dat hij ze niet meer opent, buig ik me voorover. 'O Sterre, nog wat straals, nog een oog van meedoogen,' zeg ik dan. En dan opent hij ze en glimlacht naar me.

9 mrt. 2010 08:15
Lieve Marie, je vader verdraagt gelaten zijn lot. Bij onrust stoppen ze er een valiumpje in. Hij reageert met knikjes en kneepjes op vragen, maar blijft in zijn eigen domein. Jij daar in het ziekenhuis, hij hier, het is waanzin. Ik ga nu naar hem toe en ik neem jou mee. Als hij mij ziet, ziet hij ook jou. xx Stief

9 maart 2011

Twee dagen voor zijn sterfdag vertoon ik me voor het eerst op de televisie, eerder nerveus en bang voor de smadelijke zichtbaarheid van de pijn, dan voor wat ik daarover te vertellen heb. Het staat me tegen om gezien te worden. Maar als ik het niet doe heb ik het gevoel dat ik hem tekortdoe, dat ik me niet inzet voor zijn boek dat morgen uitkomt, voor *Het kind en ik*, een gebonden kleinood met zijn stem erin. Omdat ik Matthijs van Nieuwkerk ken sinds het begin van de jaren tachtig, toen we allebei Nederlandse letterkunde studeerden, en ik ook al zo lang op hem gesteld ben, en omdat ik bij hem hoogstens acht minuten zal blootstaan aan die verfoeide blik van onbekende anderen, kies ik uit de aanvragen voor *De Wereld Draait Door*. Eric begeleidt me naar de studio. Bij de begroeting vertelt Matthijs dat hij me 'twee tafels' wil geven. Het is de formule voor twee keer zoveel tijd in de uitzending.

11 maart 2011

Hans gaat voor het eerst weer dood. Hij sterft om 8 uur 's avonds in een grote kamer op de ic-afdeling van het Onze Lieve Vrouwe Gasthuis in Amsterdam. De artsen hebben gewacht met het weghalen van de beademingsapparatuur totdat Marie er is. Ze is enkele dagen geleden opgenomen in het AvL met infectieklachten en moet een vervroegd ontslag regelen om bij haar stervende vader te kunnen zijn. Stanja stond in de gang toen ik de familiekamer verliet en het gesprek met de intensiviste had gevoerd. Ze is naar de kamer gehold waarin haar vader ligt en niet meer bij hem weggegaan. Olivier en Gerdien zijn onderweg van Italië naar Nederland. Voordat de artsen hem verdoven om de intubatieslang weg te halen, wil ik met hem alleen zijn. Ik buig me dicht naar zijn gezicht. 'Lieverd, ik moet je laten gaan,' zeg ik. Ik weet niet of hij me hoort. 'O Sterre nog wat straals,' smeek ik. Naar de wilskracht die hij dan moet opbrengen om nog één keer zijn ogen te openen, kan ik alleen maar gissen.

13 maart 2011

Opnieuw jagen de nachten me de stuipen op het lijf en blijf ik tot diep in de middag in bed. Ze hebben hem op 12 maart 2010 naar huis gebracht, naar de Herengracht. Hij ligt in mijn werkkamer, in het ledikant van 1.40 m waarin we de eerste twee jaar sliepen. 'Ik kan niet meer slapen als jij er niet tegenaan ligt,' zegt hij. Het bed staat op een verhoging waaronder een koelinstallatie zacht zoemt. Vanuit het bed in onze slaapkamer kan ik in de kamer van het achterhuis kijken, kan ik hem zien liggen. Hij draagt zijn mooiste pak, een wit hemd, zijn favoriete das, de zwartleren schoenen. De buitenrand van de zolen zijn pas een beetje afgesleten. Beneden gaat onophoudelijk de bel. Olivier, Gerdien en Doll ontvangen de gasten en zorgen voor hen. Boven klinkt het gedempte geroezemoes van stemmen door. Overdag vertoon ik me zelden. Ik weet niet hoe ik me moet gedragen zonder hem.

Ik schaam me voor mijn verwoesting, voor de gebroken staat.

Ik schaam me ervoor dat ik hem niet heb kunnen redden.

Ik schaam me voor de leegte die zijn afwezigheid veroorzaakt in zijn huis.

Ik schaam me ervoor dat hij dood is en dat ik nog leef.

Marie is kaal van de chemo en net zo huiverig voor de mensen als ik. Voordat ze naar de gracht komt belt ze me op om te vragen of het er druk is. Ze komt pas als ze weet dat ze niemand onder ogen hoeft te komen. Nadat ze het dode lichaam van haar vader heeft bezocht, komt ze bij me op bed liggen. 'Ik kan hier helemaal niks mee,' zegt ze. En daarna huilt ze. 'Ik wil al die mensen niet in huis, ik wil mijn vader terug.' Ze herneemt zich snel, vertelt dat ze een pruik heeft gekocht voor de begrafenis, en dat ze er met die pruik op uitziet als Rachel Hazes.

Als ze weg is en ik weer alleen ben, ben ik niet echt alleen. Ik schuif het gordijn een eindje opzij en kijk naar hem. We liggen naast elkaar, zo voelt het. Telkens als de deur van de rouwkamer opengaat en familie of vrienden rondom het opgebaarde lichaam gaan staan om afscheid van hem te nemen, trek ik het gordijn dicht en laat hen met hem alleen. Af en toe check ik of ze er nog zijn. Zodra ze de kamer hebben verlaten, maak ik hem weer zichtbaar en glijd terug in de verbeelding van ons samenzijn. Bij het aanbreken van de nacht, als ik zeker weet dat niemand me kan storen, ga ik naar hem toe en leg zijn hand op mijn hoofd, leg mijn hoofd op zijn borst. Als ik door en door koud ben, ga ik naar onze slaapkamer om me op te warmen aan de gloeiende radiatoren. En dan keer ik naar hem terug. Ik ga heen en weer, totdat ik te moe ben om nog een keer de gang naar de dood te maken.

Doll komt elke ochtend met een ontbijt onze slaapkamer binnen. We praten en roken. Ze probeert me te troosten door te zeggen hoeveel hij van me hield, hoe gelukkig we elkaar maakten. En dat hij op was, dat hij niet meer kon, dat het nog een wonder is dat hij het zo lang heeft volgehouden.

Doll weet me ook overdag wel eens uit bed te krijgen. Ze komt naar boven, vertelt dat deze of gene beneden is en ernaar verlangt om me te zien. Dat ik me even bij elkaar moet rapen. Zo zou hij het ook tegen me zeggen: 'Je moet je even bij elkaar rapen, schat.' Met tegenzin kleed ik me aan en daal de trap af. Wie het ook is, het treffen valt zelden goed. Ik word stapelkrankjorum van de clichés. Dat hij er zo mooi bij ligt. Dat hij het nog wel is, maar dat de ziel eruit is. Dat zijn geest nog in huis aanwezig is. Al die platitudes maken me ziedend. En ook opmerkingen dat hij iets zus of zo gewild zou hebben, of dat hij zo en zo was, vervullen me met weerzin. 'Praat niet voor hem,' val ik tegen iemand uit, 'daarvoor ben je niet intelligent, laat staan origineel genoeg.' Tegen een andere bezoeker die opmerkt dat het zo vreselijk voor me is omdat ik het voor de tweede keer meemaak, snauw ik dat ze geen onzin moet uitkramen, dat ik dit nog nooit heb meegemaakt, dat Hans voor het eerst is doodgegaan.

Pas 's avonds, als mijn vrienden naar de gracht komen, me aaien als een ziek dier, en me aan het lachen maken, bedaar ik. Samen met hen en de kinderen bespreek ik de begrafenis. Ik wil dat het een begrafenis is die bij hem past, een grootse en meeslepende, niet op de eerste plaats een voor de staatsman, maar een voor de straathond met manieren.

14 maart 2011

Voor het laatst komen Olivier, Marie, Stanja en ik bij elkaar om samen met de executeur de nalatenschap af te ronden. We ontmoeten elkaar in de Michelangelostraat, omdat Marieke zich te slecht voelt om de deur uit te gaan. De dagboeken van Hans zijn het laatste punt van de bespreking. Marie heeft al een aantal weken geleden aan haar broer en zus laten weten dat ze mij haar zegen geeft. Als ik die aan het eind van de vergadering ook van Olivier en Stanja krijg, ben ik voor het eerst sinds lang niet meer bang.

17 maart 2011

Sinds de kalender aangeeft dat ik het eerste jaar zonder hem achter de rug heb, ben ik neerslachtig en triest. Alles staat me tegen. Eten, drinken, baden, kleden, lopen. Ik sta mezelf tegen. Ik blijf binnen. De ijskast is nagenoeg leeg, het verse voedsel op. Ik eet erwtensoep uit blik. Elke keer als ik de ijskast open laat ik me even bijten door de witte sticker te lezen op twee kuipjes roomboter ('Echte boter'): HR. MIERLO VAN 4365344 B6 ENERG + 2 ROOMBOTER B608 VR. 26-02-2010 10.00 UUR. De auto staat voor de deur zodat ik elk moment naar Marie kan als ze me nodig heeft. 'Je geschiedenis zit niet achter je rug, maar in je rug,' zegt Hans.

Mijn woede is weg aan het ebben, en daarmee mijn kracht. Het heeft een jaar geduurd voordat ik erachter kom dat de razernij waaraan ik ten prooi ben, dat onstuimige verlangen om liefdevolle en vriendschappelijke verbintenissen te vernietigen, een vlucht naar voren is, een substituut voor een misplaatst gevoel van autonomie en van zelfstandigheid.

Iedereen verlaten zou tenminste in de verte nog lijken op een leven waarin ik iets te willen heb. De waarheid is dat ik niets te willen heb. Niet ík verlaat de mensen van wie ik hou, ik word door hen verlaten. Ik zal ze allemaal kwijtraken aan dat wat mijn ridicule macht te boven gaat.

18 maart 2010

Ik ben alleen. Ik trek mijn trouwjurk aan om hem te gaan begraven. Tegen de tijd dat de auto's voorrijden en ik op de Herengracht de deur uit ga, ga ik als een bruid. We rijden achter de auto met zijn kist door de stad, op weg naar de Mozes en Aäronkerk. Om ze te kunnen verdragen, heb ik afgelopen dagen steeds opnieuw gekeken naar de beelden waarmee we de herdenkingsdienst zullen eindigen: hoe hij daar op 25 november 2005 staat en 'Un jour tu verras' voor me zingt. Ik ben zo gewapend met de waardigheid die ik vandaag voor hem wil bezitten, dat ik van de herdenkingsdienst alleen flarden meemaak. Bij de binnenkomst van de kist spelen Vera Beths, Heleen en hun vrienden het *Kwintet in C majeur* van Schubert. Cees Nooteboom en Reinbert de Leeuw spreken als vrienden. Na zijn toespraak speelt Reinbert het tweede deel van *In de mist* van Janáček. Annet Malherbe zingt 'Danny Boy', Els Dottermans zingt 'Mister Wonderful', Stanja zingt voor haar vader 'In Germany Before the War' van Randy Newman. Mijn broer Eric reikt me met zijn toespraak de zin aan die me over een jaar als eerste te binnen zal schieten. Toon van Mierlo herdenkt de broer, Alexander Pechtold spreekt als een politieke zoon en Olivier als enige echte zoon. Pien en Noor zijn bang dat ze het niet gaan redden om zonder in huilen uit te barsten te praten over hun appa. Marie loopt met ze mee naar de katheder. 'Kijk maar naar iemand van wie je veel houdt,' heeft ze tegen Pien gezegd en dat doet Pien. En ze zegt snikkend dat hij de liefste appa en de beste biefstukbakker van de wereld was. En ik knik naar haar. Noor leest voor en heeft het over zijn mooie diepbruine ogen. En dan staat Marie er, alleen. Ze is broos en bleek. Met die pruik ziet ze eruit als Rachel Hazes.

In het Vondelpark is een speelplaats voor kleine kinderen. Omringd door heggen is er een zandbak en daarnaast staan wat klimrekken. Een is rond en best hoog. Om de zandbak en toestellen heen, staan allemaal groene bankjes. En op die bankjes zitten moeders en een paar vaders. De moeders en vaders lezen de krant, praten met elkaar of kijken wat.

De kinderen spelen en scharrelen rond, soms alleen, soms met elkaar. Sommigen zitten eindeloos taartjes te bakken op de rand van de zandbak, anderen rennen, klimmen en klauteren. Allemaal onderzoeken ze, op hun eigen manier. Ze doen dat in de wetenschap dat moeder of vader achter hen zit. Als er iets engs is, iets niet lukt, er gevallen is of honger dreigt dan gaan ze naar het bankje. Dan is er een aai, een koekje, bemoediging of geruststelling. Maar ook als de kindjes trots zijn, iets moois zien of doen is het bankje belangrijk. Dan wordt er meegekeken, bewonderd. Als er geen moeder of vader op dat bankje zat dan was het minder leuk om taartjes te bakken, te eng om hoog te klimmen. De wereld kan ten volle worden ontdekt omdat er iemand voor ze op een bankje zit.

De eerlijkheid gebiedt te zeggen dat mijn vader niet zo vaak op dat bankje zat de eerste jaren van ons leven. Wel eens, maar ik ben van 1966. U begrijpt. Mijn moeder zat daar, ik weet het niet meer precies want ik was nog klein, maar ze zat ongetwijfeld te breien of te haken en vast ook nog eens voor ons. Mijn vader was er wel veel op lange vakanties in Frankrijk en dan wás hij er ook. Op een Frans bankje dan.

Na de scheiding van mijn ouders (ik was toen 10) kreeg ik langzaam een steeds hechtere band met mijn vader.

In de puberteit vindt, op meerdere fronten, een herhaling van de peutertijd plaats en spelen de bankjes weer een rol. De puber wil de wereld in, ontdekken, experimenteren. Mooie taartjes bakken en hoog klimmen, maar dan anders. Hij wil dat natuurlijk doen zónder zijn ouders, maar ze moeten wél op het bankje zitten. Ik stapte de wereld in, scharrelde er rond en was dan weer even thuis. Voor een aai, bewondering, geruststelling en soms voor advies.

En toen bleek hoe goed mijn vader dat kon. Vol liefde en vertrouwen zat hij daar. Altijd stralend om me te zien, en vol wijsheid. Als ik te hoog geklommen was en hard gevallen, als de taartjes helemaal mislukt waren of als ik iets niet durfde, was er troost, advies en geruststelling. Hij kon het zo goed dat ik lang bij hem thuis bleef wonen en hem daarna heel veel opzocht. Ik ging een eigen leven opbouwen maar hij bleef dichtbij. Dat werd denk ik nog eens versterkt door enge en verdrietige dingen die soms in mijn leven gebeurden. De ziektes, Laura.

Mijn vader gaf een aai, was wijs en stelde gerust. En dan kon ik wel weer even door.

Maar ook bij vreugde rende ik snel naar zijn bankje. Het geluk dat de komst van Noor en Pien bracht; de mooiste taartjes die ik ooit gebakken heb. En geen vader volgens mij, die zo trots kon meekijken.

Mijn rouw is puur. Ik voel een peilloos verdriet. Mijn zus zei het zo mooi; toen hij nog leefde maar zo broos was dat we de dood voelden binnensluipen: het wordt zo saai zonder papa. Ons ouderlijk huis, waar hij zo intens van hield, zonder hem. Dat is erg leeg. Maar ik voel geen spijt, geen schuld en geen verwijt. Ik heb genoeg van hem gekregen en heel veel van hem gehouden. Dat stemt me dankbaar en soms zelfs blij.

Nu sta ik weer bij een klimrek. En dit is echt hoog. Ik moet het beklimmen maar dat is best eng. Achter mij wel bankjes, maar geen papa. Dat is voor het eerst. Hij is er altijd geweest als het griezelig was en niemand die me beter gerust kon stellen dan hij. Nu moet het zonder hem.

En toch. Hij heeft me zoveel geboden tijdens zijn leven, zoveel getroost en zoveel bemoedigd. Zo vaak mijn angsten weggeluisterd. Dat ik het hem allemaal kan horen zeggen. Mijn vader op het bankje zit nu in mijn hoofd.

Daar kan ik het op doen, en dat ga ik ook doen, dat heb ik hem beloofd.

Laatste aantekeningen 11 september 2011 (anderhalf jaar na zijn dood)

Op vrijdagavond 25 juni reist Marie naar Den Haag om haar jongste dochter Pien te zien dansen. Ze verbergt voor iedereen die bij haar is hoe ziek ze zich voelt. Noor en Pien zullen die nacht bij Herman slapen, Willem blijft bij zijn kinderen in zijn eigen huis. Ze is alleen. Na haar terugkeer in Amsterdam neemt ze een taxi naar het AvL en laat zich daar opnemen.

Ze zou op zaterdag 26 juni in de namiddag naar de Herengracht komen. We zouden de avond samen doorbrengen en ze wilde blijven slapen. Ik had rendang gemaakt. Op zaterdagochtend belt ze op en vertelt dat ze in het ziekenhuis ligt. Ze is benauwd. Ze vraagt of we onze afspraak naar het ziekenhuis kunnen verplaatsen, of ik de rendang mee wil nemen, en een dvd. Ze wil met mij naar *Terms of Endearment* kijken. Om zes uur ben ik bij haar. We kijken niet naar *Terms of Endearment*. We eten en praten. We praten over haar vader, en over de dood. We praten erover zonder te weten dat hij niet langzaam komt, maar dat hij holt.

Tegen elf uur in de avond van maandag 27 juni krijg ik een sms. 'Het is helemaal mis. Nog een week, misschien twee. Kapot.'

De volgende ochtend gaat om negen uur de telefoon. 'Marie wil dat je nu komt,' zegt haar oudste vriendin Barbara Tammes. 'Het gaat snel.'

In de middag van 28 juni staat iedereen van wie ze hield om haar heen. De serene rust en gelatenheid op haar gezicht heb ik eerder gezien, zestien weken geleden, in de kamer op de ic-afdeling van het OLVG. Ik lag tegen hem aan. Ze lag op het andere bed, met de armen onder haar hoofd. Af en toe opende ik mijn ogen en keek in die van Marie. En toen keek ze zo.

Marie ging dood in de vroege ochtend van dinsdag 29 juni 2011. Ze was vijfenveertig jaar. Ze was een van de liefste en leukste vrouwen die ik ooit heb gekend. We hebben haar op 4 juli begraven, in de Zochercirkel, tegenover haar vader.

Vanaf 20 december 2010 heb ik nauwelijks gewerkt aan dit logboek. Ik ben er pas weer mee begonnen na de dood van Marie. Tussen 11 maart 2010 en 11 maart 2011 kwam de verbeelding van de verleden tijd, en vooral van de laatste weken van zijn leven, in flitsen, klaar om onmiddellijk uit te doven als bleek dat de pijn die ze veroorzaakten te groot was. Het lichaam heeft een thermostaat voor verdriet. Hij laat het net zo lang toe als verdraaglijk is, en slaat dan af. Nagenoeg alles wat ik over de laatste weken schrijf, schreef ik in de afgelopen elf weken. Toen het er eenmaal stond, ben ik ermee opgehouden.